Osanago ha
Saikyo no Tamer
Dato kizuite
Imasen!

幼子は最強のテイマーだと気付いていません！

4

[author]
akechi

[illustration]
でんきちひさな

ルイーザ
ユリアの伯母だが、
訳あって
まだ赤子の王女。
マーリン
魔神。人智を超えた力で
度々助けてくれる。
ルーシアス
魔族の里の長。争いを
好まない穏やかな性格。
???
ユリアの新しい
友達となる子猫。
その正体は
意外なことに……
ナターシャ
タールシアン王国の王女。
ルーシアスの恋人。
ユリア
人にも魔物にも愛される、
元気いっぱいな3歳児。
『神の愛し子』という
特別な存在で、
竜人族の王女。
登場人物紹介
Characters

ネロ
凶悪な犯罪
組織のボス。
ユリアに興味を持ち、
たびたび戦いを
仕掛けてくる。
シロ
ユリアを溺愛する
獣王フェンリル。
魔物達のまとめ役。
ユリアの"友達"の魔物
クロじい
コウ
桔梗
ピピ
チェビ
フェン
ネオ

ユリアの周りの人々

ユリアの“友達”の魔物

- ラーニャ♀ ……… 天虎。ネオの母親。
- クロノス♂ ……… ドラゴンの王(竜王)。
- ゼノス♂ ……… クロノスの息子。
- シリウス♂ …… アンデッド王、リッチ。
- ガルム♂ ……… 黒い狼。

ルウズビュード国(竜人族の国)

- オーウェン♂ …… ユリアの父。前国王。
- アネモネ♀ …… ユリアの母。前王妃。
- オーランド♂ …… ユリアの長兄。現国王。
- ケイシー♂ …… ユリアの次兄。

- オルトス♂ …… ユリアの祖父(父方)。前々国王。
- フローリア♀ …… ユリアの祖母(父方)。前々王妃。
- チェスター♂ …… ユリアの祖父(母方)。モントリアス筆頭公爵。
- エリー♀ ……… ユリアの祖母(母方)。
- ジェス♂ ……… 初代国王。

- カイル♂ ……… ユリアの友達。ローマル侯爵子息。
- ナタリー♀ ……… カイルの母。
- ルウ♂ ………… ユリアの友達。桔梗の養子。

勇者たち

- 小鳥遊優弥♂ …日本から来た高校生。勇者。
- 山野藍♀ ………日本から来た高校生。賢者。
- 中澤麻実♀ ……日本から来た高校生。聖騎士。
- 岡崎健斗♂ ……日本から来た高校生。英雄。

タールシアン王国

- ミザードレス♂ ……国王。
- カリーニャ♀ ……第一王女。
  神の子と呼ばれている。

謎の犯罪組織

- ディパード♂ ……ネロの腹心の部下。
- フラン♀ …………偽者の聖女。

第1話　ルーブニア帝国との最終対決

竜人族《りゅうじんぞく》の国ルウズビュードの王女であるユリアは、〝神の愛し子《いとご》〟だ。神の祝福を受けた彼女は魔物と会話することが出来、強大な魔力で多くの奇跡《きせき》を起こしてきた。

そんなユリアの身柄《みがら》を狙う者は後を絶たない。その一人がネロ・マクレーンという男だ。

犯罪組織のボスであるネロは、一度敗北したものの諦めておらず、今度はルーブニア帝国という軍事国家を利用して、ルウズビュードへの侵攻とユリアの奪取を画策した。

ユリアの〝友達〟、もとい魔物達は、ルーブニアの兵をあっさり退けると逆襲に転じる。魔物達がルーブニアで暴れている間、ユリアは旅行先の〝古《いにしえ》の森〟で留守番をしているはずだったのだが……

様々な偶然が重なり、ネロがリントロス商業都市にある世界ギルド協会本部に潜伏《せんぷく》していることが分かり、更にはユリアもそこへ出動。

合流したフェンリルのシロや竜王クロノス、そしてユリアの力で、ついにネロを捕らえることに成功したのだった。

†

時は少し遡《さかのぼ》り、ネロを捕らえた日の朝のこと。

シロと仲間達は認識阻害魔法を発動させ、無事ルーブニア帝国の帝都に侵入していた。メンバーはシロやクロノスといった魔物達と、ユリアの祖父チェスターをはじめとするルウズビュード王室関係者達だ。

彼らは手筈通り二手に分かれた。

ルーブニアの帝都は軍事国家だけあって高い塀に囲まれ、その所々に空いた小さな穴の中には兵が立ち、帝都に入ってくる人々を厳しい目で睨《にら》み付けていた。

「感じが悪いな」

チェスターは吐き捨てるように言うと、侵入に成功した帝都を見渡す。

こちらは皇宮制圧を請け負ったチームで、チェスターの他は、初代ルウズビュード国王ジェス、ジャイアントグリズリーのクロじいに、地獄《じごく》の番犬ガルムといった面々だ。魔物組は人化している。

彼らは皇宮を目指して急いで走り出す。

「それにしても酷い格差だな……反吐《へど》が出る！」

道中あちらこちらで見受けられる浮浪者やストリートチルドレン達。彼らは酷く痩《や》せ細り、道端に倒れている者も多い。中にはユリアくらいの子供もいて、その光景を見たチェスターは怒りを露《あら》わにする。ジェス達も同じ気持ちで拳《こぶし》に力が入る。

「戦争に無理矢理駆り出される者も多いんじゃろう。前線で戦わされるのは平民で、特に貧困層の者が多いと見た。あの子達は戦争孤児じゃな……本当に醜《みにく》いことをするわい！」

クロじいも珍しく顔つきが厳しい。ユリアと同じ三歳くらいの女の子が瀕死《ひんし》の状態で倒れているのを見つけると、そろりと近付いて回復魔法をかける。

すると、女の子はゆっくりと目を開けて起き上がった。しかし、クロじいは彼女が痩せ細ったままなのが気になる。

認識阻害の魔法をかけているのでクロじいの姿は見えないはずだが、女の子はニコッと笑う。そんな姿を見て、大人達はますます帝国に対する怒りを募らせる。

きゅるるるー、と音が鳴る。

女の子はお腹を擦りながらよろよろと起き上がると、近くにあったゴミ箱に近付いていき、一生懸命手を伸ばし始めた。

「……すまんが、先に行っていてくれるかのう」

クロじいは自分の認識阻害の魔法を解くと、ゴミ箱に手を伸ばしている女の子の元に向かう。

チェスター達はクロじいの意思を尊重して頷くと、皇宮に向かって再び走り出したのだった。

女の子は近付いてくるクロじいに気付いた。大人は皆怖いものと認識しているこの幼子は、後退りしながらあからさまに警戒する。

「ホホ、元気なのは良いことじゃ」

クロじいは女の子の頭を優しく撫でる。

女の子はクロじいの手から温かさを感じ、恐る恐るその手を触ってみる。

「あった……きゃい……うぅ……うわーーーん！」

女の子はクロじいに抱きついて大声で泣き出した。クロじいはそんな幼子を受け入れ、泣きやむまで優しく見守ったのだった。

だが周りの浮浪者達は、小汚い格好で泣いている幼子を侮蔑《ぶべつ》を含んだ目で見ている。そして騒ぎを聞きつけたのか兵士が数人やってきた。

「おい、ガキ！　うるさいぞ！　爺《じい》さんも気にするな！　こいつらはこうやって同情するように仕向けるんだ！」

兵士達はクロじいを押しのけると、怖がる女の子を睨み付け、腰から警棒《けいぼう》を抜いて振り上げた。

「大人がこんな幼子によってたかって……本当に救いようのない国じゃな」

クロじいはそう言うと、振り向いた兵士を片手で軽々と掴み上げて放り投げた。兵士は鈍い音と共に地面に物凄い勢いでめり込んだ。

周りの者達は逃げ惑《まど》い、残りの兵士は驚き急いで警棒を抜こうとしたが、一足先にクロじいがそれぞれの首を掴んで、これまた軽々と持ち上げると地面に叩きつけた。

それを見ていた女の子は瞳をキラキラと輝かせていた。悪者をこんなにも簡単に倒してしまったクロじいに憧れ、彼のようになりたいと幼心に思ったのだ。

「しゅごーい！　ピアもせいぎのみかちゃになりゅの！」

鼻息荒く宣言する幼子――ピアに驚いたクロじいだが、すぐに笑い出した。

「ハハハ！　正義の味方か！　お前ならなれそうじゃな！」

「うん！　ちゅよくちてくだしゃい！　にーにやねーねをぶった、あいちゅらをたおちゅの！」

話を聞くと、帝国兵士は、ピアを可愛がり面倒を見てくれていたストリートチルドレン達をゴミと罵《のの》り殴り殺したというのだ。その犠牲者達のお墓だという場所に案内されたクロじいは、そこがゴミ捨て場だったことに衝撃を受ける。

ピアはクロじいの驚きに気付かぬまま、酷い悪臭を放つゴミ捨て場に向けて手を振った。

「にーに、ねーね！　あいちゅらをたおちゅからね！」

クロじいはそんなピアを抱き上げ、強く抱きしめた。

「その前に腹ごしらえじゃな！」

「ピア……おにゃかペコペコ……」

そんなクロじいとピアの元へ、帝国の兵士達が押し寄せる。二人はゴミ捨て場を離れ、街の中を走り出した。

その頃、チェスター達は皇宮に到着していたのだが、ストッパーであるクロじいがいないことですぐに暴れ始めた。

皇宮内に入ったチェスターとジェス、それにガルムは認識阻害魔法を解いた。

いきなり武器を持って目の前に現れた三人に驚いた兵士達が剣を抜き、近くにいたメイドや従者達は悲鳴をあげて逃げ始めた。

「お前達は何者だ!?　どうやって入ったんだ！」

「ああ？？」

チェスターは凄《すさ》まじいオーラを纏《まと》い、兵士達に圧をかける。すると、彼らはあまりの恐ろしさに一歩も動けなくなってしまい、それを見てジェスは呆れた。

「おいおい、弱過ぎだろ」

そんな二人を気にすることなく、ガルムは次々と現れる兵士を冷酷に始末していく。彼は先程の幼い女の子が何処《どこ》となくユリアに似ていたので、いつも以上に怒っていた。

「本来の姿に戻るまでもないな……ここは俺だけで十分だ。お前達は先に進め」

ガルムはそう言うと、集まってくる兵士達をまた淡々《たんたん》と始末し始めた。

「ああ、あとは頼むぞ！」

チェスターはガルムの肩を軽く叩くと先を急ぐために走り出して、そのあとにジェスが続いた。


同時刻、皇宮の謁見《えっけん》の間ではレゼル皇帝が貴族達を集めて、〝神の愛し子〟を手に入れた後の話し合いをしていた。

「〝神の愛し子〟が手に入ったら、アーズフィールド国を手に入れたいのう」

魔法大国アーズフィールドは、ルーブニアでは未発達な魔法を得意とする国なので、唯一手も足も出せないでいた。

「陛下、あの国は資源も技術も豊富です」

宰相《さいしょう》は真面目に進言したが、顔に卑《いや》しさが滲《にじ》み出ている。

「あそこの王も気に入らん！　優秀な人材のみ奴隷《どれい》として生かし、王族や他の国民は皆殺しじゃな！」

レゼル皇帝の言葉に拍手喝采《かっさい》が起こる。貴族も自分達に利益が回ってくれば他国民がどうなろうがどうでも良いのだ。

「ああ、美しい女も生かしておかねばのう〜」

そう言って厭《いや》らしい笑みを浮かべるレゼル皇帝。

だが急に入口付近が騒がしくなり、重厚なドアが血塗《ちまみ》れの兵士と一緒に吹っ飛んできた。貴族達はパニックになり逃げ惑うが、入口には二人の大柄な男性が立って道を塞《ふさ》いでいた。

「おい、次はアーズフィールド国だと？　リカルド～、俺に感謝しろよ！」

「ユリアをそんなことに使おうとするか……地獄を見せてやる」

ルーブニア帝国の想像以上の残忍《ざんにん》さに呆れるチェスターと、激昂《げきこう》するジェス。アーズフィールド国の王リカルドは、チェスターの知己《ちき》であった。

「誰だ！　ここは謁見の間だぞ！　こんなことをして、ただで済むと思うでないぞ！」

宰相がチェスター達に向かってくる。

「ルウズビュード国に先に喧嘩を売ったのはそっちだろ？」

チェスターの言葉に驚き、貴族達はざわつき始める。

「送り込んだ二万の兵はどうなっているんだ！」

「何故ここにルウズビュード国の者がいるんだ！」

「〝神の愛し子〟はどうした！」

「二万の兵は壊滅したぞ？」

ジェスが冷たく言い放つと、レゼル皇帝と宰相の顔色がみるみる青ざめていく。

「嘘をつくでない！　わしはこのルーブニア帝国皇帝じゃぞ！　おい、こいつらを捕らえよ！」

レゼル皇帝が兵士を呼ぶが、誰一人として一向に現れない。

「ああ、兵士達はもう一人の仲間が一人残らず始末したみたいだな」

ジェスの言葉に貴族達の動揺はいよいよ激しくなり、挙げ句の果てに二人に向かって命乞《いのちご》いを始めた。

「チェスター、生け捕りにするのは皇帝や皇族だけで良いのか？」

「……ええ、大丈夫でしょう！」

チェスターの返事が来るまで間があったのが多少気になったが、怒りが勝《まさ》っているジェスは、気にするのをやめた。

「おちびには見せられねーな！」

「ああ、そうだな」

二人はそう言って小さく笑うと、ぶるぶる震える貴族達や宰相、レゼル皇帝の方へ歩いていった。

それから暫《しばら》く謁見の間では悲鳴や爆発音が響いていたが、ついぞ誰も助けには現れなかった。

†

チェスターとジェスの大立ち回りの裏で、ガルムもまた着々と仕事をこなしていた。

メイドや従者達は逃がし、向かってくる兵士を始末し……それを繰り返しているうちに、ガルムは血腥《ちなまぐさ》い匂いを嗅ぎ付けて、地下まで下りてきた。すると、そこには目を覆いたくなる光景が広がっていた。

数々の血塗れの拷問《ごうもん》器具が散らばり、そこから腐敗臭《ふはいしゅう》がする。その奥には小さな牢屋が並んでいて、一つの牢に何十人もの男達が詰め込まれていた。皆生気がなく痩せ細り、いつ死んでもおかしくない状況だった。

酷い者は体の一部が欠損していて、治療もされずに瀕死の状態だ。ガルムが近付いて様子を見ていると、彼らは怯《おび》えて目を逸《そ》らす。

「人間は本当に愚《おろ》かで残酷な生き物だ」

ガルムはそう呟《つぶや》くと牢の入口を軽々と破壊し始めた。

すぐに外に出られるぐらいに入口は広がったが、誰も出ようとしない。

「おい、逃がしてやるから出てこい。ここにいる兵士達は俺が全滅させた」

全滅と聞いて驚いている男達。そして暫くの沈黙のあとに、牢の中にいた一人の男がガルムに恐る恐る問いかけてきた。

「あの……本当にあいつらを全滅させたのですか？」

「ああ、あいつらはユリアを狙った敵だ。容赦はしない」

ここでガルムは、男達は出たくないのではなくて、怪我《けが》などで衰弱《すいじゃく》して動けないことに気が付いた。

「今、動けるようにしてやる。【パーフェクトヒール】」

そう唱えた瞬間、男達が淡《あわ》く光り出して、かすり傷や深手は勿論《もちろん》のこと、欠損部分も綺麗《きれい》に修復された。自分達に起こった奇跡に驚きつつも、男達は泣きながらガルムに礼を言う。

落ち着いたタイミングで事情を聞くと、彼らは近隣諸国の兵士達だと分かった。

話してくれたのは、ルーブニアの隣国セイルの将軍であったライオネル。

ルーブニアに捕らえられた彼らは、この地下で過酷な状況の中死を待つだけだった。打倒ルーブニア帝国を掲げた数多《あまた》の同胞達が、ここで無惨《むざん》に殺されていった。そんな地獄の日々が今終わったのだ。

ライオネルは急に軽くなった体に慣れないながらも立ち上がり、今自分が生きていることを強く実感して泣き崩れた。そんなライオネルの元に生き残りの捕虜《ほりょ》達が集まってきて、解放された喜びを分かち合っていた。

すると、地下入口から足音が聞こえてきた。緊張感が一気に高まり、捕虜達は静まり返る。

「俺の仲間だ」

ガルムがそう言うと同時に暗闇《くらやみ》から現れたのはチェスターだった。

「こりゃ酷いな……こいつらは？」

地下の悲惨《ひさん》な光景と漂《ただよ》う悪臭に顔を歪《ゆが》めながら、ガルムに説明を求める。そして一通り事情を把握したチェスターは、レゼル皇帝や皇族を拘束したことや、貴族や宰相、兵士達を〝片付けた〟ことを捕虜達に伝えた。

「お前達はこれから自由だ。国に帰ったらルーブニアの現状を報告しておいてくれ。レゼル達は一旦この地下牢に拘束しておく」

「はい！　本当にありがとうございました！　このご恩は一生忘れません！」

ライオネルが深々と頭を下げると、他の捕虜達も一斉に頭を下げる。

そこへジェスもやってきたが、その手は何かを引き摺《ず》っていた。その何かを見たライオネル達は驚愕《きょうがく》する。下着姿で髪はボサボサのボロ雑巾《ぞうきん》のような格好の老人で、よくよく見ると、なんとそれはレゼル皇帝だったのだ。

「他の皇族は眠らせてある。まずはこいつを……ってどうしたんだ？」

開いた口が塞がらないライオネル達を見て首を傾げるジェスと、苦笑いするチェスターだった。

一方、帝国兵士達に追われているクロじいはピアと手を繋ぎ歩いていた。

「ピアよ、何が食べたいんじゃ？」

「んーとね……ケーキ！　おいちいんだって！　ピアたべたいにょ！」

クロじいに聞かれたピアは元気いっぱいに答える。

「ホホ、そうかそうか」

祖父と孫のように見える二人が洋菓子店を探していると、後ろから追手の兵士がやってきた。

「いたぞ！　あのジジイだ！」

そんな大勢の兵士達に怯えて、泣きながらクロじいの足にしがみつくピア。だが、クロじいは慌てることなく優しくピアを抱っこする。

「泣くでない。ケーキを食べるんじゃろう？　わしにもお腹が減ってる仲間がおるんじゃよ。……其奴《そやつ》に任せるわい」

歩きながらピアを励ますクロじいの横を、一人の青年が通り過ぎていく。青年は毒々しい紫色の髪を靡《なび》かせて、こちらに向かってくる兵士達を見て嗤《わら》った。

「フフ、ご馳走ですね」

すると大きな悲鳴が上がり、人々は逃げ惑い大騒ぎになっていく。抱っこされているピアが恐る恐る後ろを見ると、そこには見上げる程に巨大な蛇がいて、兵士を蹂躙《じゅうりん》していた。

「うわ〜！　しゅごーい！　おおきいへびしゃんがいましゅよ！　あっ、わりゅいちとたちたべられまちた！」

キラキラした目で大蛇のチェビを見ているピアを見て、驚きつつも大笑いするクロじいであった。

†

一方、シロはネロが率《ひき》いる犯罪組織を追っていた。居場所は、事前に潜入してもらったガルムらの調査で分かっていたので、あとは壊滅するだけだった。

こちらにはシロを中心に、クロノス&ゼノス親子や、天虎《てんこ》のラーニャ&ネオ親子、そして不死鳥のピピがいる。チェビもいたはずだが、途中で姿が消えていた。

「おい、あの蛇はどうしたんだ？」

ふと嫌な予感がしてクロノスがチェビの気配を探っていると、帝都の中心地付近で爆発音と共に人々の悲鳴が上がるのが聞こえてきた。

「……暴れてんな。しかも近くにクロじいの気配もあるぞ？」

確かにそちらを見ると、中心地から煙が出ていて、巨大な蛇の頭が見えている。

「あいつ、何やってるんだ？」とネオが呆れている。

「関係ない人を食べてなきゃ良いけど……」

ラーニャの一言で、ユリアの怒った顔が一同の頭を過《よぎ》る。

『ユリアにガッカリされちゃうよ！　僕が様子を見てくる！』

ピピはそう言い残して飛び立っていった。残った面々は心配をしつつも、とある建物の前に到着した。そこは一見普通の酒場に見えるが、客や店の者は見るからに柄《がら》が悪い。

いきなりやってきたシロ達を睨み付け、入口を塞ぐ男達。

「おい、ここは会員制だ。ああ、そこの女だけ置いて消えな！」

一人の男がラーニャを見てそう言うと、周りにいる男達が下品に笑う。

「あら、私をご指名かい？」

するとラーニャが妖艶《ようえん》な笑みを浮かべながら男に寄っていく。

「おお、物分かりが良いな！　こっち来い！　可愛がってやる！」

「おい、順番だぞ！」

「先に俺だ！」

その会話を笑顔で聞いていたラーニャは、一人の男の頬を優しく包み込むように触る。そして酒臭《くさ》い顔に自分の顔を寄せると、急に凶悪な笑みを浮かべ、次の瞬間、男の首を思いっきり捻《ひね》り千切《ちぎ》った。

噴き出す血しぶきと転がる男の首。

「さぁ、次は誰だい？」

血塗れのラーニャが男達に問う。男達は仲間の中で一番強い男が無惨に殺《や》られたことに驚いて腰を抜かしてしまう。

「情けないねぇ、じゃあこちらから行くよ！」

ラーニャとネオが人化したまま男達を蹂躙していく。そんな男達には見向きもせずに、その横を通り過ぎて先を急ぐシロ達。

酒が並んだ棚の一つが隠し通路になっていることに気付いたクロノスが棚ごと破壊する。そして薄暗い階段を下りていくと、あることに気付いた。

「おい、ネロの気配が消えたぞ」

そう言ってクロノスが気配を探るが、近くにはいない。

「まだ奥に人がいるな。そいつに聞いてみるか？」

シロは奥にある扉に近付くと一瞬で破壊した。そこには見覚えのある男と、その後ろで震えている女がいた。

「何の騒ぎかと思ったら、お前らか。俺達はもうお仕舞いだな」

色気漂う男――ネロの腹心の部下ディパードは、降参のポーズを取る。

「ただ、俺の首をやるからこいつだけは助けてくれ。ネロの居場所も全て教える。だから頼む」

そう言って土下座するディパードに驚くシロ達。

ディパードが助けて欲しいと言ったのは、かつて聖ラズゴーン教会で聖女と呼ばれていた女だ。

ネロが教会を拠点に活動していた時に、傀儡《かいらい》としてでっち上げた、偽物の聖女なのである。

ユリアのような特別な存在ではないため、助ける理由が思い当たらなかった。

「この女は偽物の聖女だろ？」

「違うわよ！　私は本物の聖女よ！　なのに……何が〝神の愛し子〟よ！」

クロノスが言うと、女は激しく反論する。

「黙れ、フラン。お前は聖女じゃないんだ」とディパードが諭《さと》す。

「嘘よ！　聖女だってネロは言ってくれたわ！　私は神に選ばれたって！」

だが、フランは認めようとせずに聖女だと叫び続ける。

「洗脳されてるな」

シロがそう言ってディパードを睨み付ける。

ディパードはフランを宥《なだ》めて落ち着かせると、シロ達にこれまでの経緯《いきさつ》を話し始めた。

†

一方、チェビの様子を見に行ったピピは、巨大な蛇の頭の周りをぱたぱた飛んでいる。

『もう！　何で大暴れしてんのさ！　ユリアに言いつけるからね！』

『こいつらは帝国の極悪非道《ごくあくひどう》な兵士達ですよ。この近くにあるゴミ処理場に子供やスラムの浮浪者達の死体がありました。こいつらが捨てているのを見ましてね』

それを聞いたピピは暴れるチェビにそれ以上何も言わず、ゴミ処理場にやってきた。酷い悪臭漂うこの寂しい場所で、ピピは聖鳥としての姿に変わる。

それから、一人で行動していたアンデッド王のシリウスを呼び付けると、自分の聖なる炎で人々を弔《とむら》い、シリウスの浄化で天に導いたのだった。

こうしてゴミ処理場は綺麗になり、後に慰霊碑《いれいひ》が建てられることとなる。

ピピとシリウスは、すぐにチェビの元に戻り加勢するのだった。

†

ディパードは、とある国の伯爵家《はくしゃくけ》長男として生まれた。

家は裕福で何不自由なく育ったが、お金があっても親からの関心や愛情とは無縁の生活だった。父親は女性関係にだらしなく、殆《ほとん》ど家には帰ってこないし、母親は精神が不安定で部屋に引き篭《こも》っていた。

だからなのか、当主である祖父は、優秀で社交性のあるディパードを自分の後継者にと大変厳しく教育した。だが、それは教育という名の虐待《ぎゃくたい》で、祖父の思い通りに動かなかったり、結果が出せなかったりした時は激しい折檻《せっかん》を受けた。

そんなある日、ディパードは腹違いの幼い妹に出会う。父親の愛人が面倒を見きれずに屋敷に連れてきたのだ。怒りや憎悪《ぞうお》の感情が屋敷中に蠢《うごめ》く中、ディパードは何故かこの妹を愛おしいと思った。家族に愛されず捨てられた彼女を自分と重ねたのだ。

だがその日から妹のフランは、激しい虐待を受け、奴隷のような生活を強《し》いられた。父親はフランにも無関心で、祖父や使用人達はフランをゴミのように扱った。

ディパードはそんな妹を助ける勇気もなく、何も出来ない弱い自分に心底腹が立った。そんな極限な精神状態の時に、突然街で声をかけてきた不気味な少年――それがネロだった。

常にへらへらと笑みを絶やさないが、残忍な素顔をその笑顔の裏に隠していた。

「妹ちゃん、助けてあげようか？」

ディパードはその笑顔に騙《だま》された一人だった。頼る人もいなかった彼はついネロの手を取り、そして頷いてしまった。

その夜、伯爵領に突如として魔物の群れが押し寄せてきて、一夜で街は壊滅状態になった。そして伯爵家の生き残りはディパードとフランだけだった。何故か魔物は二人を避けて他の者達を襲ったのだ。

魔物を操ってこの悲劇を起こしたネロの狙いは、ディパードの特殊な力にあった。ディパードは空間を操ることが出来るので、よく屋敷から逃げ出したい時にその力を使っていた。それを知っているのは妹のフランだけだったのに、何故かネロも知っていた。

そしてフランがネロに懐《なつ》いて離れないため、ディパードは仕方なく行動を共にするようになる。

最初は嫌々だったが、何故かネロといると、今まで持てなかった自信が付いて、自分が自分じゃない感覚になった。部下を率いて人を平伏させることに快感すら覚えた。

こうして、ネロ率いる組織はどんどんと巨大化していったのだ。


「だから何なんだ？　俺達に同情しろと？」

話を聞き終えたシロは、冷たい表情のままディパードを見下ろす。

「いや、ちょっと死ぬ前に誰かに聞いてもらいたくてね」

ディパードはそう言って小さく笑った。

「私は聖女よ！　あんた達覚悟しなさい！　天罰が下るわよ！」

フランはまだ自分は聖女だと喚《わめ》いているが、シロとクロノスは相手にせず、ネロの居場所をディパードから聞き出した。どうやら彼は世界ギルド協会とも手を組み、悪行を重ねているらしい。

「父上、ここは僕に任せてネロを捕まえてきてください」

ゼノスは父親であるクロノスにそう言うと、ディパードが逃げないように力を封じる防御魔法を部屋にかけた。

そしてシロとクロノスは、ネロが潜伏しているという世界ギルド協会本部に向かったのである。

†

「それで急いでここまで来たら、ユリアがいて驚いたんだ」

時は戻り、ネロを捕らえた後の世界ギルド協会本部。

シロとクロノスが苦笑いしながらユリアを見る。ユリアは今、一緒に本部に来た妖精コウと、子フェンリルのフェンと遊んでいた。

経緯を聞いて、ユリアの母であるアネモネは頷いた。

「そう。でもこんなに早く鎮圧出来るなんて思っていなかったから、オーウェンとオーランドに急いで報告しないと！」

ユリアの父オーウェンと長兄オーランドはルウズビュード国にいて、ルーブニア兵との戦いの後処理をしている。

シロとクロノスはちんまり組——ユリア、コウ、フェンのことだ——を連れて一度〝古の森〟に帰り、すぐにルウズビュード国に報告に行くことになった。

アネモネは世界ギルド協会本部の後処理をしてから戻ることになったのだが、母親が一緒に来ないことに気付いたユリアがグズり始めた。

「ユリアもここにいりゅの……」

「ユリア、泣くなよ。すぐにアネモネも戻ってくるよ！」

「そうだじょ！　カイルたちもしんぱいしてるじょ！」

今にも泣き出しそうなユリアを慰《なぐさ》めるコウと人化中のフェン。

「ユリア、母さんすぐに戻るから、お利口《りこう》さんで待っていてくれる？」

アネモネの優しい問いに、ユリアは目に涙を溜めながら小さく頷いた。そして、ユリアはシロに抱っこされて、フェンはクロノスに肩車されて二人共に嬉しそうだ。コウはユリアの頭に乗り、瞬間移動の準備万端だ。

ネロをここに匿《かくま》っていた会長デデルはそのまま拘束されたが、ネロはこれからラトニア王国に移送されることになった。ラトニア王国は以前ネロが実効支配していた国で、最大の被害者とも言える国である。

まもなく被害に遭った国々による裁判が始まるだろう。

何にしても、ネロ率いる犯罪組織はこの時をもって完全に壊滅したのだった。

第2話　帰ってきたユリア

こうしてユリアの小さな冒険は終わり、森にある家に帰ることになった。散々怒られたちんまり組は少し元気がなかったが、今は帰る気満々だ。

「おい、ユリア。帰るからこっちにおいで」

シロが嬉しさのあまり小躍《こおど》りしているユリアを呼ぶと、楽しそうによちよちと歩いてくる。だが、問題はフェンだ。覚えたての人化に夢中で、一向にフェンリルの姿に戻る気配がない。

だが、当の本人があまり気にしていないので、放っておくことにした。

「おうちにかえりゅよーー！」

「『おーー！』」

ユリア達、ちんまり組はクロノスの側に集まると、ここに残ることになったアネモネに元気良く手を振りながら光の中に消えていった。

一方、森にあるユリアの家では大騒ぎになっていた。ユリアが消えたことにすぐに気付いた妖狐《ようこ》の桔梗《ききょう》が気配を探ると、アネモネを追って家を抜け出したことが分かった。すぐにでも後を追いたいが、こちらにもカイルやルウといった子供がいるので中々動けずにいた。

「どうしましょう……ユリアちゃんが危ないわ！」

ユリアの祖母フローリアが頭を抱えている横で、ルイーザがグズり出す。ルイーザは血縁上はユリアの伯母《おば》にあたるが、訳あって赤子のままであり、今はユリアの妹分として育てられていた。

「かーしゃま、ユリアはどこにいりゅの？」

いつも一緒だったユリアが急にいなくなり、不安から母であるナタリーにベッタリの男の子、カイル。同じくユリアの友達である男の子、ルウも桔梗から離れない。

「コウの仕業《しわざ》だね！　全《まった》くあいつはどうしようもないね！」

転移を使えるコウがユリアを連れ出したのだと桔梗には分かっていた。

コウに怒り心頭の桔梗だったが、ユリアの側にシロとクロノスの気配がしたので、ひとまず安心する。桔梗はフローリア達にシロがユリアの近くにいることを報告して、心配だが戻ってくるのを待つことにした。

だが、食事をしようにも、おちび達がグズっているので、リビングで静かにユリア達が帰るのを待つしかなかった。

そして数時間経った頃、庭の方にユリアの気配と共に眩《まばゆ》い光が現れた。フローリア達が急いで光の差す方へ向かうと、そこにはシロに抱っこされたユリアがいた。祖母達に気付き、ユリアは嬉しそうに一生懸命手を振る。

「ユリアちゃん！　大丈夫なの！」

フローリアはユリアに怪我がないか確認している。

「たあ！（ユリア！）」

先程までグズっていたのが嘘のように機嫌《きげん》が良くなったルイーザは、ユリアに手を伸ばす。

「あーー！　みんにゃただいまーー！」

ユリアはよちよちとカイルやルウの元へ歩いていく。

「ユリア！　どこにいってたにょ！」

「んーと、わりゅいやちゅをこらちめまちた！」とドヤ顔で言うユリア。

ぷんすかと怒っていたカイルは、ユリアの後ろにいる銀髪の男の子に気付いた。フローリア達も気付いて首を傾げているが、桔梗は男の子の正体に気付いて苦笑いしていた。

「ユリア、だれでしゅかー？」

カイルは眠そうに目を擦っている男の子を見て、首を傾げながらユリアに聞く。ルウもジッと男の子を見ている。

「フェンしゃまでしゅよ！」

「えーー！　にゃんで？」

驚くカイルの元へ、眠そうな男の子がトコトコとやってきた。

「おれしゃまはひとかもできるんだじょ！」

「フェンしゅごーーい！」

パチパチ拍手して褒《ほ》めるカイルに気を良くして、フェンがふんぞり返っている。

そんなおちび達の横では、シロとクロノスがフローリア達にネロのことを説明していた。

無事に事件は解決したが、その後の処理が諸々あるために、クロノスが今からルウズビュード国に報告に行くことになった。シロはユリアが心配なのでここに残ることにした。

クロノスを見送った後、ユリア達は積み木で楽しそうに遊び始めた。人化したフェンは今まで見ていることしか出来なかった積み木で遊べて、とても嬉しそうにしている。

そして、全ての元凶であるコウは急いで逃げようとしたが、フローリアと桔梗に見事に捕まり、長々と説教されて大ダメージを受けていた。

†

ユリアが帰ってきて、他のおちび達も大分落ち着いてきたので、ナタリーとフローリアは夕食の準備を始めた。

王族ながら料理が趣味のフローリアは、台所に立って張り切っていた。卵を割り、絶妙な火加減で作った半熟トロトロのスクランブルエッグをお皿に載せて、オーク肉のベーコンを子供サイズに切って焼いていると、その香ばしい匂いに釣られておちび達が台所に集まってきた。今回は新しく人化したフェンも一緒に立っている。

キュルルと可愛いお腹の音を鳴らしながら横一列に並ぶと、口を開けて待っている。

フローリアはそんなおちび達に苦笑いしながらも、小さいベーコンを各々《おのおの》の口に入れてあげる。

美味《おい》しそうに頬張る姿はまるで雛鳥《ひなどり》だ。

そこへ高速ハイハイでやってきたルイーザは、ユリアの横にドンと座ると口を開ける。

「たあ！（私も！）」

「ふふ。貴女はまだ早いわよ」

そんな愛娘《まなむすめ》に苦笑いをしながらも、抱っこして宥めるフローリア。

そして彼女に代わり、ナタリーが料理を再開する。貴族の令嬢として生まれ、料理などしたことがない上に、最近まで夫の虐待によって暗い地下に閉じ込められていた彼女は、アネモネやフローリアと一緒に過ごすうちに、料理の楽しさに目覚めた。

何より愛する息子カイルが美味しそうに食べてくれるのがこの上なく嬉しいのだ。

「かーしゃま！　おにゃかすいたーー！」

「もうすぐ出来るから手を洗ってきてね？」

「「ハァーーイ！」」

「わかったじょ！」

抱きついて甘える息子にナタリーが優しく声をかけると、おちび達とフェンも元気良く返事をする。皆仲良く手を繋ぐと、よちよち歩きながら洗面所に向かっていった。

シロと桔梗がその後ろからさり気なく見守っている。

「おててをバシャバシャ～」

「「バシャバシャ～！」」

「たのしいじょ！」

「あら、可愛いねぇ～」

ユリアの掛け声に合わせて手を洗うカイルとルウを、桔梗も微笑ましそうに見ていた。

綺麗に手を洗ったおちび達はシロに抱っこしてもらい、各々の席に座る。そこには木のプレートが置いてあり、先程のスクランブルエッグとベーコン、それにサラダがセンス良く並んでいた。

更に、皆が取れるように籠《かご》に沢山《たくさん》のパンが入っていて、トマトスープが今ナタリーによっておちび達の前に置かれた。

「キャー！　おいしそうでしゅね～！」

椅子に座りながら興奮するユリアがズリ落ちないように押さえるシロ。そこへルイーザを抱っこしたフローリアとエプロンを外したナタリーが加わり、皆が揃った。

「さぁ、食べましょう！」

「「いたらきましゅ！」」

「たべるじょ！」

手を合わせて元気良く言うと、嬉しそうに食べ始めるおちび達。それを見届けたシロと桔梗も森へ食事をしに出かけた。

そして初めて人化して食べるフェンがフォークを上手く使えず苦戦しているのを見て、ナタリーとフローリアが根気良く丁寧に教える。すると、フェンは意外にも覚えが良いのか、すぐにコツを掴み器用に食べ始めた。

「ユリアちゃん、美味しい？」

「あい！　おいちー！」

フローリアが嬉しそうに食べているユリアに話しかけると、元気良く手を挙げて返事をする。

「ふふ、良かったです」

美味しそうに食べているおちび達を見て微笑むナタリー。

だが、ルイーザは不服そうに片手に哺乳瓶《ほにゅうびん》を持ちミルクを飲んでいる。自分もユリア達と同じものを食べたいのに食べられない現実を受け入れられないのだ。その姿は可愛い赤子がミルクを飲んでいるというより、酒をあおるやさぐれたおじさんに見えてくる。

「たあ！（早く成長したいわ！）」

そんな愛娘を見て、苦笑いするしかないフローリアは、ここに夫であるオルトスがいなくて良かったと心から思った。まだこの現実を見せるのは酷《こく》過ぎるからだ。そんなことを考えながら、ふとおちび達のプレートを見ると見事にサラダだけが残されていた。

「あら、予想通りね。どうしたものかしら～」

「ええ、分かってはいましたが……どうしましょう」

頭を抱えるフローリアとナタリーをよそに、ユリア達はトマトスープを飲んで、今にもごちそうさまの勢いだ。

サラダのみを綺麗に残したおちび達は、何事もなかったかのように、「ごちしょーさまでちた！」と元気良く手を合わせて椅子から降りようとする。

だが、ここからがフローリアとナタリーの腕の見せ所だ。

「おちびちゃん達、お待ちなさい」

フローリアが仁王立《におうだ》ちしておちび達を見下ろす。ナタリーも一足早く椅子から降りたカイルを先程の位置に戻す。

「かーしゃま、カイルあそびたいでしゅ！」

椅子から降りようと必死に駄々をこねるカイルと、ただ黙って椅子に戻し続けるナタリーの親子の攻防はとてもシュールな光景だ。

ユリアとルウは何を言われるのか気付いていて、ちらっとサラダの方を見る。

「そうよ、サラダよ。サラダも食べないとダメでしょう？」

「うぅ……おにゃかいっぱいでしゅから、あちたたべゅ！」

ユリアはぽっこりお腹を摩《さす》りながら、フローリアの反応を窺《うかが》っていた。ルウも同じ仕草《しぐさ》をして大人達の様子を見ている。

「フローリア様、見てください！」

驚くナタリーの声に反応して彼女が指差す方を見ると、フェンが美味しそうにサラダを食べていた。その光景に驚いたのは、フローリア達以上におちび達だ。

「しゃらだおいしいじょ！　このタレがいいじょ！」

フェンが絶賛するタレはアネモネ特製の、門外不出の独自のレシピで作られたものだ。一度フローリアがアネモネに作り方を聞いた時、恐ろしい笑みで「知る勇気がございますか？」と言われて、それ以上フローリアは何も言えなかった。

「あら～！　フェンちゃん偉いわね～！　お野菜食べられるのね！」

「本当ですね！　このお野菜は新鮮《しんせん》で美味しいでしょう？」

フローリアとナタリーが大袈裟《おおげさ》に褒めていると、ユリアは美味しそうに食べているフェンをジッと見ていた。

「フェンしゃま、おいちいでしゅかー？」

「うまいじょ！」

ユリアの問いかけに、サラダを全部平らげてお腹を摩りながら満面の笑みで答えるフェン。カイルもルウもただ黙ってユリアの様子を窺う。

「ああ、お野菜さんが可哀想だわ〜」とフローリアが大袈裟な演技をする。

「たあ！　たあたあ！（ユリア、私が食べてあげるわ！）」

「ルイーザ、黙ってミルクを飲んでなさい。……いい加減やさぐれてないでちゃんとお座りなさい」

そう言われてソファーに座らされたルイーザは、深い溜め息を吐きつつ、仕方がないとばかりに再びミルクを飲み始めた。そんな赤子らしくない愛娘に、こちらも深い溜め息を吐く母親のフローリア。

そんな親子の横で、ユリアは意を決してフォークを持つと、野菜を刺して口に運んでいく。その勇姿をカイルとルウが固唾《かたず》を吞んで見守る。

「やしゃいしゃん、ごめんなしゃい！」

そう言ってもぐもぐと食べ始めたユリアを見て、フローリアとナタリーはホッとする。そんなユリアを見守っていたカイルとルウも、お互いに顔を見合わせて頷くと、フォークを持ち野菜に手を伸ばした。

「「やしゃいしゃん、いただきましゅ！」」

そう言ってもぐもぐと食べ始めた。

アネモネ特製のタレが美味しいのか、おちび達は順調に食べ進め、それを見て安心した二人も椅子に座り食べ始める。フェンは先に食べ終わり、妖精コウと再び積み木で遊び始めた。

「あ～！　ユリアもあしょぶの～！」

楽しそうなフェン達を見て、ユリアは急いでサラダを食べ進める。その時、いきなり窓を叩く音がした。皆が驚いてそちらを見ると、ピピがツンツンと嘴《くちばし》で突《つつ》いていた。

「あ～！　ピピだー!!」

『ユリア～！　会いたかったよ～！』

ピピとの再会に喜び手を振るユリア。ナタリーが窓を開けてあげると、美しい真紅の小鳥がユリアの方に一直線に飛んできて、定位置である彼女の頭に止まった。

「ピピ、みんなは～？」

『もうすぐ戻ってくるよ。僕はユリアに会いたくて先に帰ってきたの！』

真紅の小鳥の声は、周りにはただ鳴いているようにしか聞こえない。そんな小鳥と普通に会話をしているユリアを改めて見ると、その不思議な能力の凄さが分かる。しかもこの小鳥の正体は、伝説の不死鳥フェニックスで、魔法大国アーズフィールドの聖鳥なのだ。

「本当にユリアちゃんは凄いわね」

「ええ、でもユリア王女はカイルや私を助けてくれました。こんなに穏やかで幸せな日々を送れているのも王女のお陰です」

ナタリーはそう言いながら、一生懸命サラダを食べている愛しい息子を見て微笑む。

「ふふ、そうね。ユリアちゃんのお陰でルウズビュード国も良い方向へ向かっているし、何より娘を……ルイーザを助けられたことは感謝してもしきれないわ」

「たあ！（アイラブユリアよ！）」

ミルクを持つ手を掲げて叫ぶルイーザを見て、つい笑ってしまうフローリアだった。

†

何とかサラダを食べ終えたユリア達は、今度こそごちそうさまをすると、木漏《こも》れ日が射し込むリビングによちよちと集まり、積み木の続きを始めた。フェンはお腹いっぱいになって眠くなったのか、ふかふかのソファーでウトウトしている。

『ユリア～！　フフフ～ユリアを独り占め～！』

「俺もいるぞーー！」

そう言ってユリアの周りを嬉しそうに飛び回るピピと妖精コウ。その光景は見ていてとてもメルヘンで可愛いが、当のユリアは気にすることなくぽっこりお腹を摩りながら積み木を集めている。

その横で何故かカイルが興奮して、嬉しそうにピピを追いかけていた。

「完全に片思いね、息子よ」

そんな息子を見て苦笑いするナタリーは、フローリアと食事を摂りながら、リビングの様子を見ている。

ルイーザはミルクを飲み終えると、頑張って皆の元へ行こうとハイハイするが、途中で眠気という赤子の宿命に襲われて力尽きた。

フローリアはそんな愛娘を抱き上げてフェンの隣に寝かせた。

「ルウ、おおきいちゅみきとって～」

「あい」

ピピを追い回すカイルの横で、真剣に積み木でお城を作っているユリアとルウ。慎重に一つ一つ積み木を重ねては、額の汗を拭《ぬぐ》う仕草をする。ちなみに汗は一滴も出ていない。

「おーい！　帰ったぞーー！」

勢い良くドンと開いた玄関のドアの振動で、順調に積み重なっていた積み木が見るも無惨に崩れ落ちた。一瞬のことで唖然とするユリアとルウ。

「あー！　あにちだーー！」

ピピを追いかけていたカイルが、玄関に立つチェスターの元へ駆けていく。思考が停止していたユリアとルウは、カイルの声にピクリと反応して玄関の方を見る。そこには仁王立ちしたチェスターがいたが、後ろにいたネオとガルムが邪魔とばかりに横に押しやる。

その後ろからラーニャやゼノス、そしてシリウスやチェビ、ユリアの住んでいた家だと聞いて興味津々のジェスが、キョロキョロと周りを見渡しながら入ってきた。

彼らが家に入ってすぐに見たのは、怒り心頭のユリアとルウがチェスターをポカポカ叩いている光景だった。

ジェスは首を傾げる。

「……どうしたんだ？」

「さぁね。いつものことだからほっといても大丈夫よ」

「そうだな」

ラーニャの言葉に納得してしまうジェス。

「おい！　何だよ！」

「あにちのおバカ！」

「……おバカ」

チェスターを囲んで、積み木の恨みを晴らそうとポカポカ攻撃をするユリアとルウ。カイルは状況が分からず指を咥《くわ》えて首を傾げているが、ピピやコウはユリアの周りを飛び回りながら応援している。

ルーブニア帝国帰還組からすると、そんな微笑ましい光景を見ているだけで、ユリアの元に帰ってきたんだという安心感が湧いてくる。

「ユリア、その辺にしておけ。後ででかいお城を作ろう」

ジェスはそう言ってユリアの頭を優しく撫でる。

「あー！　じぇちゅ！」

「あっ！　おい！　俺もいるぞ！」と、ネオは羨ましいのかユリアに抗議する。

ジェスを見たユリアは嬉しそうに抱きつく。そんなユリアの元に集まってくる魔物達、いやユリアのお友達。

そんな暖かい空気の中、遅れて入ってきたのはクロじいだ。その横にはルーブニアから連れてきたピアの姿がある。ピアの歩幅に合わせて歩いてきたので皆より時間がかかったが、森が新鮮なのか自分で歩きたがる彼女の意思を尊重したのだ。

そんなピアは、クロじいやラーニャによって身綺麗になり、可愛い姿になっていた。綺麗になった茶髪をツインテールにして、ピンクのリボンを付けている。瞳は淡いブルーで、推定年齢は三歳から四歳くらいだろう。

クロじい達は可愛い服を着せてやりたかったが、ピアが選んだのは白いシャツに茶色のオーバーオールというかなりボーイッシュな組み合わせだった。それを見てやはりワンピースにしようとした二人だが、嬉しそうなピアを見て着せ替えを諦めたのだった。

ピアが入ってきたことに気付いたユリア達は、興味津々な目でジッと見つめている。ピアの方も自分と同じくらいの年のユリア達に気付いて、恥ずかしそうにサッとクロじいの後ろに隠れてしまう。

「ホホ、ユリアよ。この子はピアじゃ。仲良くしてくれるかのう？」

「ピア～？　ピア！　ユリアはユリアっていうにょ～！」

ユリアは元気いっぱいにピアに挨拶《あいさつ》する。

「……ユリア？」

首を傾げながらも何処か嬉しそうにユリアの名を呼ぶピア。

「しょうだよ！　ピアよろちく！」

「うん！」

ピアはユリアの元へ走っていき、嬉しそうに手を繋ぐ。そんな二人を見ていたカイルとルウも恥ずかしそうに近付いていく。

「ぼくはカイルっていうにょ！　よろしく！」

「ルウでしゅ。かーちゃがちゅけてくれたにょ」

「カイルー！　ルウー！　ピアでしゅ！」

四人は仲良く手を繋いで何故かクルクル回り出した。そんな幼子達を見てチェスターは腹を抱えて爆笑する。

「……どういう状況だ？」

「さぁ？」

食事から戻ってきたシロと桔梗が見たのは、シリウスの周りをユリア達と見知らぬ幼女が手を繋いでクルクル回っている異様な光景だった。

†

ピアとの出会いから仲良くなるまでに時間は必要なかった。初めましての挨拶を済ませたピアとユリア率《ひき》いるおちび達は仲良く遊び始めた。

暫くしてピアもお腹が空いたので、軽く食事を摂ることにする。彼女は椅子に座り、目の前に並べられた焼きたてのパンやトロトロのスクランブルエッグ、そしてオーク肉のベーコンと温かいスープに、目を輝かせながら美味しそうに食べ始めた。

「ピアちゃん、美味しい？」

ナタリーがピアの口元を拭《ふ》きながら聞く。

「うん！　おいちー！　ピア、しあわしぇ！」

ピアはそう言って慣れないフォークを使い、一生懸命に食べている。生きるために――死んでしまったお姉ちゃんやお兄ちゃんの分まで生きるためにだ。

そんなピアの事情をクロじいから聞いたフローリアは酷く心を痛めた。

「酷い話ね……まだあんなに幼いのに酷な経験をしてるのね」

「そうじゃな、あの子は戦争孤児じゃろう。あの国には浮浪者や戦争孤児が沢山おったからのう。なのに国は対処するどころか差別、見せしめの対象にしておった。自分達でそういった者達を生み出しておいて簡単に切り捨てるような国は滅びるべきじゃ！」

クロじいの怒りに皆が賛同する。

「じーじ、どうちたにょ？」

クロじいの怒りに反応したピアが、心配そうに見ている。

「ああ、大丈夫じゃ。ほらよく噛んで食べるんじゃぞ？」

「はーーい！」

ピアの横に座り、肉を細かく切り始めたクロじいは、この子の幸せを心から願うのだった。

そしてその頃、リビングではユリア率いるおちび達が、ソファーに寝転がるチェスターに群《むら》がっていた。

「おい！　俺は疲れてるんだ！　寝させてくれ！」

「あにち、おくちゅぬがないでねー！」とユリアが鼻を摘《つ》まみながら言う。

「脱がねーよ！」

チェスターの足が臭いことは周知の事実で、おちび達はそれを嫌がっている反面、しょっちゅう笑い話の種にしていた。

チェスターにしっしっと遠ざけられたユリア達は輪になり、コソコソと話し始めた。

「あにち、まだあちくちゃいかな？」とユリアがチェスターをちらっと見ながら言う。

「ぜったいくちゃいでしゅよ！」とカイルが断言する。

「……そんなにくちゃいの？」とルウは何故か興味津々だ。

「お前ら……全部聞こえてるからな！」

そんな光景を見て、ジェスは腹を抱えて笑う。他の魔物達は微笑みながら見ているが、被害者になったことのあるネオやゼノス、そしてピピは、当時を思い出してガタガタと震えている。

「あれは世界をも滅ぼせるぞ！」とネオは頭を抱える。

「そうだね。かなり危険だよ！」とゼノスはネオの発言に頷いている。

『あれは怖い……思い出したくない！』とピピはパタパタと飛び回っている。

「ユリアー！　やめておいた方が身のためだぞ！」

コウも被害者なので、何かしでかしそうなユリアを珍しく止めている。

ユリアは好奇心が勝りそうになったが、周りからの必死の説得によって我に返り、カイルと共にさっさと積み木遊びを再開した。だが、一人だけ好奇心が勝った子がいた。

これまでもチェスターの靴を脱がせる場面に遭遇はしていたが、その頃チェスターは妻であるエリーと娘のアネモネに靴を新調させられ、足の清潔さを保つために常にクリーン魔法をかけることを強要されていた。なのでその臭いを知らないのだ。

だが、今は遠征《えんせい》していて口煩《くちうるさ》く言う人も周りにいないので、クリーン魔法もかけていない。

そんなかなり危険な状況下で好奇心が勝った子、ルウは、自分だけ仲間はずれなのが嫌で、意を決して禁断の行為に及んだのだった。ルウの渾身《こんしん》の力をもってしても、片方しか靴を脱がせられなかったが。

「ルウ！　離れな！」

ルウの行動にいち早く気付いた母親の桔梗は、魔法でルウを浮かせて避難させる。それと同時に、近くにいたユリアやカイルも浮かせて、キッチンに避難させた。積み木を持ったまま唖然とするユリアとカイルは、チェスターの靴が片方脱げているのに気付いた。

「きゃーー！　たいへんでしゅ！　ひなんちましゅよ！」

ユリアは急いで鼻を摘まんで身を屈《かが》める。

「ちにましゅ！　かーしゃま、にげましゅよ！」

カイルは食事を摂っている母親のナタリーの腕を引っ張って、外に避難しようとしていた。

「ぎゃああ！　ルウ、お前なんてことをしたんだ!?　息を止めろー！」

コウはユリアの頭の上に避難して鼻を摘まんでいる。

そしてネオやゼノス、ピピはパニックになり、防御魔法を使うのも忘れて、慌ててキッチンに逃げてきた。

そんな中、ルウだけは臭いを嗅ぐ前に避難させられて悲しそうにしていた。そんな息子を見て複雑な気持ちになった桔梗は、その行き場のない思いをチェスターにぶつけ始めた。

「あんた！　何でちゃんとクリーン魔法をかけないのさ！　エリー達に報告するからね！」

「俺が悪いのか！　コイツが勝手に脱がせたんだぞ!?」

チェスターも靴を履きながら反論するが、ちょうどその時、開いた窓からタイミング良く心地よい風が部屋に流れてきた。

「うっ！　くちゃい！」

そう言ってふらつくユリアを後ろから支えたシロも、この臭いに顔を顰《しか》めている。

「たあ！（臭いわね！）」

「にゃんだ!?　だれにょオナラだ！　くちゃいぞ！」

あまりの臭さに、気持ち良く寝ていたルイーザとフェンも飛び起きたのだった。

†

異臭騒動は、冷静になったシロがクリーン魔法をかけたお陰で無事に解決した。ユリアは不貞腐《ふてくさ》れてしまったチェスターに近付いていき、ヨシヨシと頭を撫でる。

「いや、お前のせいでもあるからな？」

チェスターがジト目でユリアを見る。

「あにち〜、あたらしいおくちゅはいたらー？」

ユリアがまともな意見を言ってきたので、チェスターはそれ以上何も言えない。

それから、ご飯を食べ終わったピアを入れたおちび達は、お絵描きを始めた。

初めて紙とクレヨンを見たピアは目をキラキラと輝かせて喜びを噛み締めると、嬉しそうに描き始めた。異臭騒動で起きてしまったルイーザはユリアの隣に堂々と座り、自分を描いて欲しいとアピールしている。

「たあ！　たああ！（ユリア、私を描いて！）」

「いいよー！」

ユリアは笑顔で快諾《かいだく》すると真剣に描き始めた。

そんな娘と孫の会話を聞いていたフローリアは疑問を口にした。

ユリアちゃんはあの子の言っていることが分かるのよねぇ〜」

「あの……「フローリア様も分かっていますよね？」とナタリーが感心しながら言う。

「私は何となくよ。……あの子、分かりやすいから。でも、他の子もそうだけど、子供同士で何か通じるものがあるのかしらね」

そう言ったフローリアとナタリーは顔を見合わせて笑った。

そしてもう一人、初めてのお絵描き体験をしているのが人化したままのフェンだ。ピアと同じように、目をキラキラさせながら渡された白い紙に何かを描いている。

「フェンしゃまはなにかいてりゅのー？」

ユリアがテーブルを挟んで向かいにいるフェンに聞く。

「おれしゃまはコウをかいてるじょ！」

フェンは嬉しそうに描いている絵を皆に見せる。

「お……俺か？　まぁ良いんじゃないか！」

キラキラと虹色の羽を羽ばたかせて、皆の周りを照れ臭そうに飛んでいるコウは嬉しそうだ。

フェンが描いたのは様々な色を使った独特な絵だが、妙にセンスが良い。それを見たおちび達は盛大に拍手をして、大人達は感心していた。

一方、カイルやルウは、それぞれ大好きな母親を描いている。それを見ていたナタリーと桔梗は、一生懸命に描いている我が子に感動していた。

少し前までこんな幸せな未来がやってくると思っていなかったナタリーは、自然と涙が込み上げるのを必死に我慢していた。愛する息子は元気にすくすく育ち、今では魔法の練習もするようになった。

「かーしゃま！　みて！」

ドヤ顔でナタリーに自分の描いた絵を見せるカイル。そこには女の人と手を繋ぐ小さな子供が描かれていた。それは多分ナタリーとカイルであろう。だが、もう一人背の高い男の人が描かれていた。

「ねぇ、カイル。この人は誰？」

「ん～？　オーランドだよ！」

カイルはニコニコと答える。

ナタリーは現在、ユリアの長兄で国王でもあるオーランドと交際中だ。カイルも彼によく懐いている。カイルはただ純粋に、魔法を教えてくれるオーランドが好きで描いたのかもしれないが、ナタリーは自然と頬が赤くなるのが自分でも分かった。

「あらあら～！」

そんな親子を微笑ましく見つめるフローリアは、今後進展しそうな孫の恋を密かに応援するのだった。

そしてユリア画伯《がはく》はというと、見事に棒人間を描き上げていた。

「はい！　りゅいーじゃちゃん！」

ドヤ顔でルイーザに渡すと、ルイーザもドヤ顔でフローリアに見せびらかす。

「ふふ、はいはい。良かったわね」

「あと、あにちもかいたにょ！」

ユリア画伯は後ろのソファーで横になっているチェスターに、大きい棒人間が紙一面に描かれた芸術的な作品を渡した。そこにはミミズのような字で〝ごめんね〟と書いてあった。多分近くにいたクロじいが教えたのだろう。いつもなら描いた絵をからかうチェスターだが、ただ黙ってユリアが描いた絵を見ていた。

「……あにち～？」

何も言わないチェスターに不安を覚えたユリア画伯は、よちよちと立ち上がり顔を覗き込む。

「ああ、ありがとうな。字も書けたのか、偉いな！」

チェスターは起き上がり、嬉しそうにユリアの頭を撫でた。

「エヘヘ～！」

ユリアも珍しく褒められたので、照れながらも嬉しそうにチェスターに抱きついたのだった。

ピアもクロじいを描いたので本人に渡したが、貰ったクロじいが感動のあまり大号泣したのでびっくりしてしまう。フローリアやナタリーがピアに何故泣いているのか優しく説明してあげた。

理由を聞いたピアは、泣いているクロじいを思いっきり抱きしめた。

そしてルウはというと、胸を強調した桔梗の絵を描いて皆を苦笑いさせていた。

遊び疲れたおちび達が目を擦り始めたので、大人組が力を合わせてこの大人数をお風呂に入れる準備を進めていた。

「おい、ちびども！　風呂に入る準備をしろ！」

チェスターは、大きなソファーに綺麗に横並びで座りうとうとし始めているユリア、カイル、ルウ、ピア、フェンの五人を順番に立たせていく。

「あにち〜……ユリアねむいでしゅ……」

「我慢して入れ！」

そう言ってユリアを抱えると、目の前にいるシロに預けた。カイルはナタリーが、ルウは桔梗が、ピアはクロじいがそれぞれ抱えて風呂場まで連れていったのだった。そしてフェンは自分の足でふらふらと皆の後を歩いてついていった。

ルイーザも脱衣所で、お湯を入れた桶《おけ》のようなものに浸《つ》かり、気持ち良さそうに入浴していた。

勿論フローリアが面倒を見ている。ルウズビュード国では昔から乳母《うば》や女官に任せるのではなく、王族達が自ら子の育児や教育をする。なので、フローリアも汗を拭いながら、ルイーザやお風呂で騒ぐおちび達の面倒を見ていた。

「キャハハー！　たのちー！　おふりょってあったかいでしゅね！」

一番嬉しそうなのはピアだ。今まで一度も温かい湯に入ったことがなく、真冬でも川の水で体を洗うしかなかったと聞いて、大人達は心が痛む。

「ピアちゃん、ゆっくり入りなさい」

ナタリーが優しく頭を撫でるとピアは頷き、気持ち良さそうに肩まで浸かった。

ユリア達は順番にシャンプーハットを被らされてシロに髪の毛を洗ってもらい、流れ作業のようにナタリーが体を洗う。そのあとは桔梗がお湯で流して湯船に入れる。そして二十数えたら終了だ。ピアとフェンがまだまだ入っていたいとグズったが、これからは毎日お風呂に入れると聞いてやっと納得してくれた。

脱衣所ではラーニャとフローリアが、動き回ってはしゃぐおちび達を追いかけながら、風邪を引かないように急いで体を拭いて着替えさせた。

「ユリアちゃん、終わったわよー！」

フローリアが洗面所からリビングに向かって叫ぶと、ジェスがやってきてホカホカ湯気が出ているユリアを抱っこして連れていき、ソファーに座らせる。

「髪を乾かすからな、大人しくしてろよ？」

「はぁーーい！」

ジェスの言葉に素直に返事するユリア。ジェスは風魔法と火魔法を調節して出来た温風を器用に使い、ユリアの綺麗な金髪を乾かしていく。

「ふんふんふ～～ん……ふふふ～ん」

音程が微妙に外れた独特な鼻歌がユリアから聞こえてきて、ついつい笑ってしまうジェス。

「じぇちゅ、どうちたの？」

「いや、それは何の歌だ？」

「おふりょがおわったのうたーー！」

元気いっぱいに謎な答えを言うユリアを、周りは微笑ましく見ている。続いてチェスターが右腕にカイル、左腕にルウを抱えてやってくると、ソファーに座らせて二人同時に髪を乾かし始めた。

「う～……かぜがちゅごい～」

「うぅ～」

「おお、悪い！」

チェスターが出す温風の勢いが凄くて、カイルとルウは体ごと飛んでいきそうになる。更に隣にいたユリアまでも勢いで横に傾いてしまい、ジェスが急いで抱き止めた。

「もう！　あにち、ちっかりちて！」

「ああ……。お前、だんだんアネモネに似てきたな……」

ぷんすか怒るユリアの後ろに、何故かアネモネが見えたチェスターであった。

その後、シロがフェンを、クロじいがピアを抱っこして連れてきた。ピアは皆が温風で髪を乾かしているのを見て目を輝かせていた。最後にラーニャとフローリアが戻ってきて椅子に座ると、ルイーザを抱っこして優しく髪を乾かし始めた。

皆が髪を乾かしているうちにスヤスヤと眠ってしまう中、ユリアだけ何故か眠気が覚めてしまったらしい。

「げんきいっぱいーー！」

そう言いながら走り回るユリアを、ピピとコウが楽しそうに追いかける。

「元気は明日に出せ！」

そう言ってユリアを捕まえようとするチェスターだが、ちょこまかと動くので中々捕まえられない。ネオとゼノスも加わりたい気持ちはあるのだが、眠気には勝てずに二階に上がっていった。

ユリアはまたテーブルの前に座ると、クレヨンでお絵描きを始めた。大人組はそのうち眠くなるだろうと、無理矢理に寝かせるのは諦めて見守ることにした。

『ユリアー！　僕を描いてよ！』とピピがユリアの肩に止まりお願いする。

「いいよー！」

そう言って描き始めたユリア画伯。次はどんな芸術的絵画が誕生するかと、皆が固唾を呑んで見ている。

「できたーー！　はい、ピピ！　どーじょ！」

ユリア画伯は笑顔で描いた絵をピピに渡した。

『わー！　これ僕でしょ！　ユリアから貰ったーー！　わぁーーい！』

ピピはユリアの周りを飛び回って喜んでいた。そこには、以前に聖誕祭《せいたんさい》で綺麗に飛んでいたピピが、赤いミミズのような線で大胆に表現されていた。

『気に入ったからアーズフィールド国の国旗にしよー！』

そう宣言した、アーズフィールド国の聖鳥フェニックスであるピピ。それを撤回させるのに二時間もかかることになるとは、この時はまだ誰も思っていなかった。

†

皆がピピを説得している横で楽しそうにお絵描きを再開したユリア。そんな楽しそうな孫をジッと見ていたチェスターがふいに立ち上がり、ユリアを抱き上げた。

「あにち、なんでしゅか～？」

いきなり抱き上げられて、クレヨンを握ったまま困惑するユリア。

「もう寝ろ！　風邪引いたらどうするんだ！」

「ユリア、ねむくにゃい！　おえかきしゅるの～！」

「お絵描きは明日おちび達とやれ。今日は色々あってお前も疲れたはずだぞ？」

チェスターにしてはまともな行動をするので、皆がピピの説得を中断して二人を見ている。

「ちゅかれてにゃい！　げんきでしゅよ！」

そう言いながらユリアはチェスターの胸をポカポカ叩く。

「あー痛い痛い。確かに元気だな……」

孫の突然の攻撃にも冷静に対処するチェスターと、何故かドヤ顔のユリア。それを見ていたシロやジェスもやってきてユリアを抱っこしようと手を伸ばすが、チェスターはそれを拒《こば》む。

三人は火花を散らし始めた。

「おい、俺が寝かせるからユリアを渡せ」

シロがユリアを奪おうとするが、器用に避けるチェスター。

「俺が寝かせる」

続いてジェスも手を伸ばすが、それも器用に避けるチェスターはユリアを肩車する。

「きゃああー！」

「おい！　……イテテ！　髪の毛を掴むな！　頭に手を置け！」

嬉しそうに頭上で暴れる孫に髪の毛を鷲掴《わしづか》みにされ、揉みくちゃにされているチェスターを見て笑い転げるコウとピピ。

「ユリア、俺が肩車してやるからこっちにおいで」

シロの呼び掛けに応えようとユリアが手を出すが、チェスターとジェスによって阻《はば》まれた。

「お前達、いい度胸《どきょう》だな？」とシロは二人を睨み付ける。

「こいつは俺の孫だ」

「ユリアは俺の恩人だ」

今にも戦闘が始まりそうな雰囲気になり、フローリア達が慌てて止めに入る。

「おやめなさい！　ユリアちゃんが上にいるのよ！」

フローリアに言われて、皆がチェスターに肩車されているユリアに注目する。いつの間にかコックリコックリと頭を上下に動かし始めたユリアは、今にも眠りそうだ。チェスターの動きがゆりかごのような働きをしたのだろう。

気持ち良さそうに眠るユリアだが、何故かクレヨンを握ったまま離さない。シロが起こさないようにそっと手から取ったが……

「ん～……クレヨン」

そのせいで目覚めてしまい、一同は抗議の目をシロに向ける。

「何でだ？」

焦ったシロは、またユリアにクレヨンを握らせる。すると、あっという間にスヤスヤと眠り始めた。幼子の謎な行動に振り回される大人達であった。

シロが眠ったユリアを部屋に連れていくと先に寝ていたはずのルウやカイル、そしてピアが起きていた。

「おいおい、寝たんじゃないのか？」

「シロ、おはよー！」と元気良く手を振るカイル。

「まだ夜だから寝ろ」

「かーちゃ……」と桔梗を探すルウ。

「ピアまだ遊ぶー！」

「はいはい、明日な？」

「「ブーーー！！！」」とブーイングするおちび達。

そんな騒ぎを聞きつけた桔梗やナタリー、そしてクロじいがやってきて、それぞれをまた寝かしつけるのに苦労することになった。

そんな中でも騒ぎに動じずスヤスヤ眠るルイーザとフェンの大物ぶりに、フローリアは苦笑いしてしまうのであった。

第3話　ユリア、ルウズビュード国に帰る‼

数日後、落ち着きを取り戻した〝古の森〟にある家では、皆がルウズビュードに帰る準備をしていた。空き家になっていたこの家を整理するという当初の目的は果たせたし、旅行としてももう十分だとフローリアが判断したのである。

各々が荷物を詰めたり、掃除をしたりと忙しくしている中で、ユリア率いるおちび達も一生懸命に掃除のお手伝いをしていた。

「ふんふんふーん！」

謎の鼻歌も絶好調なユリアは、小さな箒《ほうき》でちょこちょこと掃き掃除をしているが、ゴミは一向に取れていない。カイルとルウは拭き掃除をしているが、カイルは自由に動き回って拭く一方で、ルウは同じ所をずっと拭いている。ピアはフェンリルの姿に戻ったフェンにブラッシングしている。ルイーザは所々を指差して魔物達に何か指示している。

「ふふ、賑やかね」

フローリアが個性的なおちび達の行動を見て微笑む。

「そうですね、この家はとても居心地がよかったので寂しいですわ……」

そう言って下を向いてしまったナタリーを見て、フローリアは心が痛くなる。

国に戻れば、ナタリーとカイルを快く思っていない者達からの心ない視線や態度、偏見《へんけん》が待っているのだ。

ナタリーの元夫のローマル侯爵は、邪神復活を企《たくら》み、数百年にわたってルウズビュードを牛耳《ぎゅうじ》っていた。反発する王族や貴族の家族を人質にとって脅迫《きょうはく》したことで、方々から恨みを買っている。

ナタリーは首謀者の妻であり、カイルも加害者家族だが、二人はローマル侯爵によって酷い虐待を受けていた一番の被害者でもある。

フローリアも大事な娘ルイーザが被害に遭ったが、憎むべきはローマル侯爵とその一味であって、ナタリーやカイルには罪はないのだ。

だがそう思っている人は少なく、未だにナタリーも事件に関わっていたと信じている者は多い。

今のカイルは周囲の態度をまだあまり気にしていないが、もしも直接危害を加えられたらと思うと、ナタリーにとっては耐えられない程の苦痛なのだろう。

「かーちゃま！　はやくオーランドにあいたいでしゅね！」

カイルはそんな母の心配を知ってか知らずか、無邪気に国王の名前を出して喜んでいた。

「カイル！　これからは陛下と呼びなさい！」

ナタリーは不敬ともとられかねない我が子の発言に焦って注意する。

「にゃんで～？」

そんな母の焦りを知らず、不思議そうに首を傾げるカイル。

可愛らしいカイルを見て、フローリアはつい笑ってしまう。

「ナタリー、オーランドが良いって言ったんだから気にしないで？」

「ですが、公《おおやけ》の場で言ってしまうかもしれません！　オーランド国王陛下の威厳《いげん》に関わります！」

オーランドのナタリーへの愛情を知っているフローリアは今後、ルウズビュード国を騒がす事態が起こることを既に覚悟していた。そして、孫の幸せを願う彼女は、どんなことがあっても彼ら三人の味方でいようと決めている。

そんな複雑な大人の事情を知らないユリアは、大事にしているピンクの肩掛け鞄《かばん》に、お菓子を――なんと別のお菓子をつまみ食いしながら――詰めに詰めていた。普段なら母親であるアネモネに怒られるところだが、彼女は事件解決のためにリントロス商業都市に残っているので今は不在だ。

「おい！　そんなに食べると腹壊すぞ！」

口いっぱいにお菓子を含んだ孫に呆れて声をかける祖父チェスター。

「ふふはい！　おちょ……ふぐふぐ！」

「ああ？　何言ってんだ？」

ユリアはチェスターを指差して何か言っているが、理解不能だ。

近くにいたジェスがその背中を優しく摩ってあげる。シロはユリアが未だに手に持っているクッキーを取り上げ、近くにいたチェビに渡してしまう。

「……うぅ……たべちゅぎまちた……」

ジェスが持ってきてくれた水を飲み、やっと落ち着いたユリアは食べ過ぎを反省した。

「その食い意地は誰に似たんだ！」

チェスターの発言を聞いていた皆が、そんな彼をジト目で見るのだった。


そして準備も終わり、妖精コウの転移魔法を使ってルウズビュード国に帰るために外に出た一同だが、フローリアとナタリーはそこに広がっている光景に驚きを隠せない。

ジェスやチェスターも流石《さすが》に驚いて冷や汗が自然と背中を伝う。

そう、目の前には天狼《てんろう》達をはじめ、S級の魔物であるエンペラースパイダーや滅多《めった》に見ることがないS級の魔物グリフォンの群れが揃い、出迎えをしていたからだ。

ジェスとチェスターは、あまりの迫力に倒れてしまったナタリーとフローリアを支えつつも、いつ襲ってきても対処出来るようにおちび達を部屋に入れようとする。

だが、シロ達は平然としていた。

「あーー！　みんにゃーー！」

ユリアはシロに連れられて、よちよちと屈強な魔物達に近付いていく。そして豆粒のようなユリアに撫でてもらいたいのか、一生懸命に頭を下げる魔物達。

それを見てジェスとチェスターは開いた口が塞がらない。

フェンと妖精コウは、天狼達と戯《たわむ》れていた。カイルやルウもピアを連れて、よちよちと天狼の子供達の元へ行きじゃれ始めた。

「皆ユリアの〝友達〟だ。帰ると聞いて挨拶に来たんだよ」

いつの間にかやってきていた天狼の長《おさ》が人化し、唖然とするチェスター達に説明する。この森での滞在中に、他の子供達も天狼と仲良くなっていた。エンペラースパイダーやグリフォンは、ユリアが森で暮らしていた頃からの仲だという。

ユリアは目の前で、子猫くらいの大きさの赤い蜘蛛《くも》がポロポロと泣いているのでヨシヨシと慰めていて、ピンクの鞄からお菓子を出して渡している。更に天狼の長の子、ソウヤも泣きながらおちび達に別れの挨拶をしていた。

「あ……あの蜘蛛共も、おちびの友達なのか？　アネモネは蜘蛛が苦手だったが……」

チェスターはあまりのあり得ない光景に乾いた笑いしか出ない。

一通り挨拶を済ませたユリアをシロが抱っこして、一同はルウズビュード国に向かうのだった。


一方で、ネロ率いる犯罪組織の面々は厳重に拘束されて、最大の被害に遭ったラトニア王国へ移送が始まった。数日後にはこのラトニア王国に各国の要人が集まり、戦後処理や刑の執行などの話し合いが始まることになっていた。

勿論、最大の活躍を見せたルウズビュード国は各国の注目を集めていた。そのルウズビュード国で出発準備に追われている国王オーランドやオーウェン達の元に、愛する者達の帰国の知らせが届いたのだった。

†

軽い浮遊感と眩い光に一瞬包まれて目を閉じたユリアだが、目を開けた時には既に見覚えのある中庭に立っていた。他のおちび達もそれぞれの保護者に抱えられていたが、この懐かしい光景に目を輝かす。だがピアだけは、初めて見る王宮に驚きつつも興味津々だ。

抱っこされていたおちび達は、降ろされた瞬間に散り散りに走り出しそうになるが、そこにフローリアが立ちはだかる。

この数日間ずっとおちび達の面倒を見ていたフローリアは、王族とは思えないぐらい逞《たくま》しくなった。それはナタリーも同じで、とても貴族夫人とは思えない程の貫禄《かんろく》すら漂《ただよ》わせていた。

〝ピーーーーーー!!〟

「皆ここに集まってください!!」

フローリアが手にした笛を思いっきり鳴らして、それに合わせてナタリーが大きな声でおちび達を呼ぶ。

「「「ハァーーーーイ!!!」」」

「たあ！」

笛に反応してフローリアの前に集まったユリア達は、ナタリーの号令に元気良くお返事する。それに合わせて、フローリアに抱っこされているルイーザまでも元気良く手を挙げる。

「ヒヨコの準備してくださいー！」

「「「ハァーーーーイ！！！」」」

ナタリーが言うと、ユリアを先頭にカイル、ルウ、ピアの順に並び、それぞれ前の人の肩に手を置く。ユリアは自分の腰に手を当てて準備万端整った。

「じゃあ、行くわよ～！　ついてきてください～！」

フローリアが先頭を歩き出し、その後ろをよちよちとついていくユリア達。フローリアに抱っこされているルイーザは、自分もユリア達の後ろに並びたくて暴れているが、母親によって完全に動きを封じられ悔しそうだ。

〝ピ！　ピ！〟

「せ～の！　ヒヨコの行進♫」

「「「ピヨピヨ!!」」」

「たあ！」

フローリアの笛に合わせて歌い出すナタリーに続いて、行進しながら楽しそうにひよこの鳴き声を真似するユリア達。

そんな光景を微笑みながら見ている魔物一同やジェスだが、チェスターやコウは我慢が出来ずに後ろで爆笑している。獣の姿に戻ったフェンも、嬉しそうに尻尾を振りながらおちび達に続いている。

「ヒヨコの行進♫」

「「「ピヨピヨ!!」」」

「たあ！」

ユリア達の帰還に気付いて駆けつけた側近や兵士、女官達はその愛らしい光景に悶《もだ》えるのだった。

帰還報告を聞いて急いで駆け付けたオーウェンは、久しぶりに見る愛娘ユリアのあまりの愛らしさに感極まっていた。オーランドはよちよち歩いてくるユリア達を見て、自分で開発した映像を記録する魔道具を急いで取り出すと、国王であることを忘れたかのごとく、真剣に撮影を始めた。

「ああ!! 癒しが帰ってきた!! お祖父《じい》様！ 見てください！ 尊《とうと》い!!」

「……分かったから落ち着け。お前は一応国王なんだ……」

後ろからやってきた前々国王オルトスが呆れているが、言っても無駄なのでもう何も言えない。

「あーー！ にーにだ！ ユリアだよ！」

オーランドに気付いてニコニコと手を振るユリア。

「ああ、ユリア！　元気だったかい⁉　そんなに痩せ細って‼」

「ブッ……どこがだ！　このぽんぽこ腹を見ろ‼」

オーランドの発言に異議を唱えるチェスターは、ユリアのお腹をぽんぽこ叩く。

「あにちうるちゃい‼」

怒ったユリアがチェスターに向かっていき、後ろにいたカイル達も後に続きいつものポカポカ攻撃を始めた。そんな騒がしい光景さえも愛おしいのか、オーウェンはまだ涙を流している。

「あにちもぽんぽこおにゃかなの‼」

「俺の何処がぽんぽこだ！　ほれ！　こんなに割れてんのに！」

そう言って逞しく割れた腹筋を披露するチェスターだが、周囲の女官達から黄色い悲鳴が聞こえたと同時にフローリアがチェスターを急いで締め上げる。

「やめなさい！　せっかく可愛く進んでいたのに！　台無しよ！」

「たあ！（足臭オヤジ！）」

「おい！　この赤ん坊今、俺の悪口言ったよな⁉」

睨み合う赤子ルイーザとチェスター。そしてひたすらチェスターを攻撃するユリア達に、まだ泣きやまないオーウェンというカオスな状態に、魔物達とオルトスは呆れるばかりだ。

「おーりゃんど!!」

そんなカオスの中でカイルは嬉しそうにオーランドに抱きつくが、それを見ていた一部の者が眉を顰《ひそ》める。

「カイル、少し背が伸びたか？」

そんな周りの目を気にすることなくカイルを抱きかかえるオーランド。

「陛下、申し訳ございません!!」

慌てて息子の無礼《ぶれい》を謝るナタリー。

「……ナタリー、貴女も元気そうで何よりだ」

ナタリーを見て愛おしそうに微笑むオーランドだが、女官達からの嫉妬《しっと》を含んだ冷たい視線が刺さる。それを遠目に見守っていた、ユリアの次兄ケイシーが見たことのない幼子の存在に気付いた。

「お祖母《ばあ》様、あの子は？」

「あら、ケイシー。ああ、ピアよ！」

「……あ、はい」

フローリアの堂々としながらもかなりざっくりとした説明に、何とも言えない顔をするケイシー。

そんな彼の元へピアがよちよちとやってきたのだった。

「はじめまちて！　ピアでしゅよ！」

元気良く、ケイシーに自己紹介するピア。クロじいは後ろでそんなピアを誇らしく見守っている。

「ああ……初めまして。私はケイシーだよ」

ケイシーはピアと目線を合わせるためにしゃがむと、優しく挨拶する。

「ケイチー!!」

そう言って嬉しそうに走り回るピアに、見ていた一部の者が何かを言おうとしたが、ケイシーが視線で制した。

だが、ピアやカイルが王族に対して無礼な態度を取るのが気に入らない一部の者は、ずっと不穏な視線を送っていた。

「おい、いくらユリア王女の友人でもあの態度はなんだ！」

「それにあの子供は大罪を犯した侯爵の息子だろう!?」

「陛下に媚《こ》びを売るあの女も忌々《いまいま》しいわ！」

愚かな者達は聞《き》こえよがしに騒ぐ。

「おい、そこをどけ。お前達が生きて王宮から出るためにもな」

その愚か者達が背後を振り返ると、そこにはいつの間にか竜王クロノスが立っていた。

「あーー！　きゅろーー！」

そんなクロノスに気付いたユリア達が、嬉しそうに駆け寄ろうとした時だった。

「ああ!!　ユリア王女!!」

そう叫んでユリアの目の前に、貴族であろう女性が図々《ずうずう》しげに近寄ってきたので、魔物達が警戒する。そんな女性の横に太った少年が一緒にいるが、こちらも何故か態度が偉そうだ。

「何でしゅか〜？」

ユリアはにこやかに女性に話しかける。

だが女性の行く手をシロやジェス、他の魔物達が阻む。

「おい、ユリアに近付くな。その子供はお前の子か？　物凄い悪意に満ちているぞ」

シロが太った少年を見て吐き捨てるように言う。

「何ですって!?　魔物の分際《ぶんざい》で私に声をかけるなんて無礼よ!!」

激怒してシロに詰め寄る女性。それを見ていた少年は、シロの後ろに隠れるユリアを見て嘲笑《あざわら》う。

「これはこれはユリア王女。こんなに強い者達に囲まれて幸運ですね。もしこんな強い者がいなきゃ、今頃は忌《い》み子《ご》として処刑されている運命でしたのに！」

少年の非常識な発言で、この場が一瞬で凍り付く。傲慢《ごうまん》な少年はその空気に気付かないでいるが、母親であろう貴族の女性は、一気に顔面が蒼白になっていく。

王族に生まれた女の赤子は忌み子だから、殺さねばならない。そういう非合理な風習が、少し前までこの国にはあった。ユリアやルイーザのために現在の王族が何とか廃止に追い込んだが、この少年のように、刷り込まれた差別意識はそう簡単には消えない。

「ユリア、いりこじゃないもん!!」

ユリアはプンスカ怒りながら少年に猛抗議する。

「ジョジュア!! 何を言っているの! やめなさい!」

貴族の女性は震えながらも急いで少年――ジョジュアを黙らせようとする。

「ですが母上!! 何故犯罪者の息子が王族と一緒にいるのですか! 優秀な僕が蔑《ないがし》ろにされているのに、こんな馬鹿そうな奴と何処かの浮浪者共が、王女の友というだけでこんなにもいい待遇を受けるのは不公平です!」

そう言ってカイルやルウ、ピアをそれぞれご丁寧に指差して猛抗議するジョジュア。周りにいた傍観者達は、この場の凍《い》てついた空気に怯えている。

「母上! 何とか言ってやってください! うちは代々王族に仕える側近を務めてきたエルラード伯爵家だと! なのにユリア王女がこの国に戻ってきてから国の空気が変わってしまい、あんなに優秀な父上が解雇されてしまった!!」

ジョジュア少年は恐ろしいくらい空気を読めずにベラベラと話し続ける。カイルは何となく自分が悪く言われたのに気付いてナタリーの後ろに隠れてしまい、ルウは気にしてないのかボーッとジョジュアを珍しそうに見ていて、ピアは中庭の綺麗な花に夢中だ。

「シロ～！　ユリア、いりこじゃないよ！」

そう言って落ち込んでしまうユリア。恐らくユリアなりに、それが悪い言葉だと分かっているのだろう。

「ああ、ユリアはユリアだな。誰よりも可愛くて誰よりも優しい子だ」

シロはそう言って落ち込むユリアを励ます。

「……えへへ」

シロの言葉に頷く周りからの温かい視線に、ユリアはつい照れてしまう。そんなユリアや子供達に気付かれないように、シロや魔物達は凄まじい殺気を解放する。そして王族の者も、怒りに震えながら女性と少年を睨み付ける。

「言いたいことはそれだけか？」

オーランドが無表情で淡々と少年に問うが、それが逆に恐ろしい。

「オーランド国王陛下！　何故父上を解雇したのですか!!　王女反対派だったからですか!?　そのあと……父上は行方不明になってしまいました！」

母親の制止を振り切って、少年はオーランドに更に不満をぶち撒ける。

「そうだ。理由は他にもあるがここでは言えない」

オーランドはユリアの手前言えなかったが、実はこの少年の父親が一部の王女反対派と結託し、ユリアやルイーザを暗殺しようと計画していたので、速《すみ》やかに〝対処〟したのだ。

「……お前達がまだ伯爵でいられるのは、お前の祖父であるライラスの偉大なる功績があったからだ。だが、今日で終わりだ。誰かライラスを呼べ」

オーランドの命令にケイシーが頷くと、数人の側近とこの場を去る。魔物達はすぐにでもこの親子を八つ裂きにしたいが、ユリア達の前なので必死に我慢していた。

それは王族も同じで、皆険しい顔で見ている。竜人は長命種ゆえに、見た目が子供でもそれなりに年を重ねている。年少者だからといって、無礼な振る舞いを見過ごされることはない。

そして、我慢出来ない者も数人いた。

「たあ！　たたあーー！（あいつ許せない！　何で皆をいじめるの！）」

赤子のルイーザが騒ぎ出す。

「ああ、そうだな。そこの赤子の言う通りだ！　このクソガキ！　俺の孫を侮辱《ぶじょく》しやがって‼」

指をポキポキ鳴らしながら少年を睨み付け威嚇する、野生のチェスターが現れた。

「ユリアを、この優しい幼子達を悪く言うとは！　俺は絶対に許せない！　覚悟しろよ！」

ジェスもルウズビュード初代国王らしい物凄い迫力でこの親子に迫る。

それに続いてフェンも威嚇し始め、激おこの妖精コウは、今にも大掛かりな魔法を放とうとしていた。

「待て、落ち着け！　今お前達が暴れたらこいつらが怖がるだろ！」

クロノスが怒り狂った者達の間に入り、懸命に止めている。ルイーザやチェスター、ジェスは不安そうなユリア達を見てグッと堪える。シロはフェンを宥め、妖精コウはフローリアの恐ろしい目配せで、渋々ながら放とうとした最上級魔法を止めた。

「ユリア、もう行こう」

シロが不安そうなユリアを抱っこする。落ち込むカイルをナタリーが抱き上げ、ルウは桔梗が、ピアは中庭を走り回っていたがクロじいに無事捕獲（？）された。

「ユリア、おにゃかしゅいたー！」

ユリアのお腹は正直で、可愛く鳴いている。

「お前は食いしん坊だな！　またぽんぽこお腹になるぞ!?」

「あにちもポンコツおにゃかになーれー!!」

からかってくるチェスターに向けて、何か呪文を唱えるユリア。

「ブッ……ポンコツお腹って何だ？」

それを聞いて緊張感が急になくなり、ジェスは噴き出してしまう。

他の者達も笑いを堪えきれなくなるが、側近達は後が怖いので必死に肩を震わせて我慢していた。

「おい！　ポンコツお腹って何だ！　その呪文みたいなのはやめろ！　お前が唱えたら本当に何か

ありそうだ！」

チェスターは呪文をひたすら唱えるユリアをシロから奪い抱えると、くるくると回し始めた。

「きゃー!!　キャハハ！」

嬉しそうなユリアを見て羨ましくなった他のおちび達が、順番待ちでチェスターの後ろに並び始めた。

「ああ？　お前達もか！　……ちょっと待ってろ!!」

呆れているチェスターだが、おちび達が少しでも元気になるならと今回は素直に受け入れる。

それを見ていたジョジュアの目はまた怒りに燃えていく。急に現れたユリアという幼子は、ルウズビュード国の今までの常識を簡単に破り、王族や大物貴族にもあっさり受け入れられた。

〝神の愛し子〟というだけで、皆この何の変哲もない幼子に媚び諂《へつら》う。

そんな中でジョジュアの父親は、同志を集めてオーランド国王に直接抗議に行ったが、軽くあしらわれたと怒り狂っていた。

それからすぐに父親は行方不明になってしまった。捜索して欲しいとオーランド国王や軍のトップである、今目の前にいるチェスター・モントリアス筆頭公爵に願い出たが、会ってすらもらえなかった。

母親と共に祖父であるライラス伯爵にも事件性があると訴えたが、何もしてくれなかった。それどころかジョジュアを後継ぎから外して、ライラスがまた当主に復帰して仕事を始めたのだ。

「……何でだ!! 皆この子供がこの国に現れてからおかしくなったんだ!!」

そう言ってユリアを指差すジョジュア。母親はもはや恐怖で精神がおかしくなり崩れ落ちていて、暴走する息子を止めようともしない。

「いい加減にその汚い口を閉じろ!」

オーランドは今までに見たことがない程の強烈な怒りを露わにする。流石に恐怖と驚きで何も言えなくなるジョジュアだが、憎しみを込めた目線をユリアに向ける。

ユリアは怖くてチェスターの胸に顔を埋《うず》めてしまう。

「ユリアをいじめりゅなーー!」

そんな中で、カイルが勇気を出して大声で怒った。

カイルもユリアに助けられ、幸せに暮らしている一人だ。父親はナタリーとカイルを薄暗い何もない部屋に閉じ込め、魔力を奪い続けた。カイルは母親と共に成長が止まったまま、後は死を待つのみだった。でもこうして助かり、大切なお友達も沢山出来て、そんなお友達と冒険するなど毎日が充実していた。

カイルはナタリーの腕を振り払ってジョジュアに向かっていく。その後ろから同じく怒りに満ちたルウとピアが続く。

フェンに乗った妖精コウも、ジョジュアの周りをグルグル回りながら攻撃態勢を取っていて、ルイーザはフローリアに抱っこされているが、身を乗り出して猛口撃していた。

「……何なんだ!! 近付くな！ 汚らわしいゴミ共め!!」

そう言ってジョジュアが先頭のカイルを突き飛ばそうとした時、ユリアがついに怒った。

「だめでしゅよーー!!」

そう言った瞬間にユリアが急に光り出したので周りが驚き、そしてユリア自身も驚いていた。ユリアを抱き締めているチェスターも思わず目を閉じる。

「なんでしゅか!? ユリアひかってましゅ!!」

ユリアを見て唖然としていたジョジュアも次第に光り出した。

「おい！ ……あ……何なんだよ!! 誰か助けて!!」

暴れているが光は強くなるばかりだ。そして皆の視界を塞ぐ程に輝き出したので、大人達は他のおちび達を避難させる。ジョジュアの光が強まるごとにユリアの光が収まっていき、やがてジョジュアは光に完全に呑まれて姿が見えなくなった。

「どうなっているんだ？」

オーランドは光に近付こうとするが側近達に止められている。そして徐々に光が収まってくると、そこには衝撃の光景が広がっていた。それを見た一同は……何も言えないが、おちび達は嬉しそうに駆け寄る。

「あー！　にゃんにゃん！　ちいしゃいねぇ！」

ユリアは唖然とするチェスターの腕から器用にずるずると降りていくと、目の前にちょこんと座る緑の子猫を抱っこしようとする。

『シャー！　グルルルー』

そんなユリア達を一生懸命に威嚇する子猫だが、ただ可愛いだけだ。

「あにょこわいにーになにょ？」

『みゃー……』

何かを感じ取ったのか、ユリアが「あの怖いにーになの？」と問うと、子猫は悲しそうに鳴く。

「どうなっているんだ？」

オーウェンは緑の子猫を見ながら魔物達の誰かに説明を求める。

「俺にも分からない。〝神の愛し子〟の力なのか……だがユリアの怒りでこいつがこうなったのは確かだな」

シロが子猫を見てそう推測する。

「こいつなりの怒りの制裁《せいさい》が……子猫にすること……ブッ……なのか？」

チェスターが肩を震わせながら言うと、他の者達も次第に笑いが込み上げてくる。そんな大人達をよそに、ユリアはカイル達と子猫を囲んで楽しそうにグルグル回っていた。

「おい！　また謎の儀式《ぎしき》をするな！　何が起こるか分からないだろ⁉　お前達はいつもグルグル回ってるな！」

ジェスがユリア達についツッコミを入れたのを聞いて、我慢していた側近達も笑い出した。

第4話　この子猫はどうするの⁉

「ああ‼　ジョジュア‼　なんてことなの‼」

我が子が子猫になってしまい、母親はヒステリックに騒ぎ出す。

「陛下！　どうにかしてくださいませ！　これでは後継ぎとして役に立ちませんわ‼」

『にゃー……』

母親の言葉を聞いて、悲しそうに下を向いてしまうジョジュア。

「いや、むしろ子猫になって良かったかもな。あのまま悪態《あくたい》を吐き続けていたらこの場で斬り捨てていた」

冷たい口調で断言するオーランドに、母親は恐怖で何も言えなくなり黙ってしまう。流石に斬り捨てるというのは誇張《こちょう》だが、何らかの罰を下していたのは間違いない。

「今は何も出来ないな……」

父のオーウェンは、子猫になったジョジュアを囲んでいるユリア達を見て呟くのだった。


「かわいいにぇ～！」

ユリアが子猫を撫でようとしたが、それが気に入らないのか思いっきり噛まれてしまう。だが、幸いなことにまだ牙が生えていないのでノーダメージで済み、逆にユリアを護《まも》る防御壁に弾き飛ばされてコロコロと転がってしまう。

「あー！　ダメでしゅよ!!　かんだりゃいたいでしゅ!!」

驚き動かないユリアに代わって、子猫を注意するカイル。ルウは目が点になっているユリアを我に返らせるために目の前でパンパンと手を叩き、ピアは転がっている子猫を興味深そうにツンツンしている。

「こいつ！　おちびを噛みやがった！」

チェスターは怒りの形相《ぎょうそう》で子猫に近寄っていくが、何故か復活したユリアに阻まれる。

「あにち！　いじめちゃダメでしゅよ!!」

助けに入ろうとしていたチェスターに向けて、ユリアは戦闘態勢に入る。

「何でだ！　お前を噛んだんだぞ！　それにこいつは猫じゃない、あの怖いガキだぞ⁉」

孫のパンチを軽く受け止めながらも、猛抗議する祖父。

「でも……ダメでしゅよ！」

子猫の前に立ち、大人達を威嚇するユリア。そのため、どうにも出来ないので、一同はとりあえずこの目立つ場所から離れて近くの部屋に入っていく。

ユリアは子猫を抱っこしようとするが思うようにいかないので、引き摺るような形になっている。

それなのに、ジョジュアは何故かさっきとは違い大人しい。

ジョジュアは、あれ程までに憎しみを込めた暴言を吐いたのに、まさかユリアが自分を庇《かば》ってくれるとは思っていなかった。父親であるエルラード伯爵はジョジュアの祖父であるライラスと比べられ、いつもイライラしてはその鬱憤《うっぷん》をジョジュアにぶつけていた。いくら殴られても母親は助けてくれずに、傷ついた息子に更に勉強を強要した。

父親の失踪《しっそう》によりそんな地獄の日々から解放されるかと思ったが、当主の座に就くことを祖父であるライラスが許可してくれず、それが我慢ならない母親はそれを全てジョジュアのせいにして罵った。

こんなに苦しい思いをしているのに、世間は急に現れたユリア王女や悲劇の王女ルイーザの登場に批判するどころか歓喜に沸いていた。

それが許せず、ジョジュアはまだ幼いユリア王女に全ての怒りをぶつけた。だが、結局やっていることは父親や母親と同じ弱い者いじめだ。八つ当たりだ。

幸せそうにしていて、皆に愛されているこの幼子達に嫉妬していたのだ。犯罪者の子であるのに国王に気に入られている幼子も憎くて仕方がなかった。自分もただ無条件に愛されたかったのだ。

「にゃんにゃん、いきましゅよ」

『ウー……』

ユリアに笑いかけられた瞬間、ポロポロと自然に涙が溢れているのに気付いたジョジュア。

「どうちたんでしゅか！　ぽんぽんいたいにょ!?」

そう言って一生懸命に子猫のお腹を摩ってあげるユリア。カイルやルウ、ピアも急いで駆け寄ってくる。

「おいちゃちゃんよんでくりゅ！」

突拍子もなくピアが医者を探しに部屋を出ようとするのを、クロじいが苦笑いしながらも止める。

「この子は大丈夫じゃよ。優しくされて嬉しかったんじゃよ」

クロじいが優しく撫でると、更に泣き出す子猫。今までの苦しみを吐き出すように大声で泣いた。

「……。おい、どうするんだこの状況？　不敬で処罰する雰囲気じゃないぞ！」

チェスターは小声で話し始めた。

「確かに。今、何かしら処罰したら……空気が読めないにも程があるな。だが、こいつの言ったことは許されることではない」

オーランドの発言に頷いているオーウェンとシロ。しかしクロノスはジョジュアから何かを感じ取ったのか何も言わない。

「こいつは腹が立つけど、俺達はユリアが嫌がることはしないからな！」

「そうだね。こいつは気に入らないけど」

『僕もこいつは嫌い〜！　でもユリアが許すなら我慢する〜！』

ネオやゼノス、ピピはユリアに免じて我慢しているようだ。フェンは泣いている子猫に近付き、慰めるようにペロペロと涙を舐《な》めていた。

ジョジュアの母親は既に拘束されていて、あとはジョジュアの処遇だけだが、子猫の姿のままでは何も出来ずに途方に暮れていた。そこへケイシーが戻ってきて、ジョジュアの祖父であるライラス伯爵が王宮に着いたと報告してきた。

「今すぐにここに連れてこい」

オーランドは頭を抱えながら指示を出すと、側近の一人がそっと出ていく。暫くすると、先程の側近が高貴そうな白髪《しらが》の老人と共に戻ってきた。老人を見たジョジュアは、ユリアの後ろに隠れながらチラリチラリと様子を窺っていた。

「ライラス伯爵、ここに座ってくれ」

跪《ひざまず》いたままのライラスに声をかけるオーランド。

ライラス伯爵はちらりと周囲に目を向ける。国王をはじめとして、王族一同や初代国王であるジェス、そしてモントリアス筆頭公爵に囲まれ、更には最強の魔物達や妖精、竜王も彼を厳しい顔で見ていて、流石に生きた心地がしない。

「はい。失礼致します」

だがライラス伯爵は恐れを顔に出さないように、懸命に平静を装ってソファーに座った。

「事情は聞いているか？」

「……はい、陛下。孫の教育を怠《おこた》った私の責任です。誠に申し訳ありませんでした」

そう言って深く頭を下げるライラス伯爵を見て、子猫ジョジュアは下を向いてしまう。

「我が愛しの妹や伯母を侮辱し、王室を軽《かろ》んじた罪は重いぞ。母親は既に拘束されている」

「はい。……あの、ジョジュアはどうなったんでしょうか？」

ライラスの問いに暫く沈黙が続く。すると部屋の隅で様子を見ていたユリアが、子猫を引き摺るようにしてライラス伯爵に近付いていく。

「このこによじーじ？」

「……？　ユリア王女、この度は愚かな孫がとんだ失礼を致しました」

ユリアの言葉が分からず、とりあえず頭を下げるライラス伯爵。

「じーじにょとこにいく～？」

ユリアがジョジュアに聞くと、すぐに首を横に振る。

「いやなんでしゅか？　……じゃあユリアたちといりゅ～？」

子猫に話しかけているユリアを、ライラス伯爵は不思議そうに見つめる。

『みゃー』

ユリアの問いに首を縦に振るジョジュア。それに驚いたのは大人達だ。

「おいおい！　ダメだぞおちび！」

チェスターが猛反対すると、周りも同意するように頷く。

「いやでしゅ！　にーにはちゃんとごめんなしゃいちたもん!!」

プンスカと怒るユリアの元へカイル達もやってきて、涙目で同じく訴え始めた。

「にーにはぼきゅにごめんちゃいちたもん!!」

カイルが鼻水を垂らしながら、勇気を出して大人達に訴える。そんな息子を見ていたナタリーが抱っこして優しく鼻水を拭いてあげる。

「シャーーー!!」

野生のピアが一生懸命に威嚇している。

「ホホ、そうじゃな。ピア、分かったから落ち着きなさい」

クロじいは優しくピアの頭を撫でながら落ち着かせる。ルウも顔を真っ赤にして怒っていて、そんな息子を見て桔梗は何も言えなくなる。

「たあ！（ユリアが許すなら許すわよ！）」

ルイーザも赤子とは思えない怖い形相《ぎょうそう》で大人達に訴えている。

ライラス伯爵は訳が分からず戸惑っており、オーランドが気まずそうに言う。

「あー……ライラス。そこにいる子猫がジョジュアなんだ」

オーランドの発言に思考が停止して目が点になるライラス伯爵。目の前にいる緑の子猫が自分の孫と言われても、すぐには理解出来るはずがない。

「あ……この猫が我が孫とおっしゃるのですか？」

「まぁ、信じられないだろう。俺達もあの場にいなければ信じていなかっただろうしな」

オーウェンの言葉に頷く一同。

「そんな……!!　お前、ジョジュアなのか!?」

ライラス伯爵の問いかけに静かに頷く子猫。

「元には戻らないのですか!?」

「ああ……それが……」

オーランドがユリアをチラッと見る。それに気付いたライラス伯爵がユリアに懇願《こんがん》する。

「ユリア王女！　我が孫が悪いのは分かっています！　ですが……お願いですから元に……元に戻して頂けないでしょうか！」

ユリアの前に平伏し必死に頼み込むライラス伯爵。それを見ていたジョジュアは複雑な気持ちでいたが、それを代弁してくれたのは、ずっと黙り込んでいたクロノスだった。

「こいつのことを大事に思っているなら、もっと早く助けてあげられたんじゃないか？　こいつが幼い頃から体罰と罵声を受けていたのを知っていたのか？」

「体罰……⁉」

クロノスの言葉に驚くライラス伯爵。

クロノスには人の記憶を見る力がある。ジョジュアの過去も見ていたらしい。

「お前は仕事ばかりで、自分の息子がこいつを痛めつけていたことを知らないんだろう？　母親も見て見ぬ振りだ。常に弱い者は犠牲になるものだ、今までよく耐えたし、こいつの性格が歪むのも無理はない」

「そんな……」

「ただ甘やかされてあんな性格になったと思っていたのか？　おい、お前はどうなんだ？　元に戻りたいか？」

クロノスがジョジュアに選択を迫る。

『……帰りたくにゃい！　もう嫌だ……！』

「おお、喋《しゃべ》ったぞ‼」

普通に驚くチェスター。

「随分と精神年齢が幼くなったわね」

ラーニャが苦笑いする。

オーランドが溜め息を吐いた。

「仕方がない……ライラス、ジョジュアが元に戻るまでこちらで預かる。だが、母親はこの件についても厳重に処罰する。それで良いか？」

「……陛下……。ジョジュア……本当にすまないことをした。お前が好きなようにしなさい……。だが、お前が帰ってきたいと思ったらいつでも帰っておいで」

ライラス伯爵の言葉にジョジュアはポロポロと泣き出す。ユリア達はそんなジョジュアを必死に慰める。

「なかにゃいで……ユリアのクッキーあげりゅから！」

そう言って、ユリアはポケットから取り出したクッキーを床に置く。

『……すん……これいつのクッキー？』とジョジュアはクンクンと匂いを嗅ぐ。

「うーん……わちゅれた！」

ユリアの答えを聞いたジョジュアは、横で涎《よだれ》を垂らしているフェンにそっとクッキーを渡したのだった。

†

「ユリア、ポケットには他に何が入っているんだ？」

いつのか分からないクッキーをポケットから取り出したユリアに、オーウェンは禁断の質問をしてしまった。

「んーとぉ……キャンジーと……」

ユリアはゴソゴソとポケットを漁《あさ》り始める。

「キャンジーって……ああ、キャンディーのことか」

ポケットを漁り最初に出てきた赤い包紙を見て、キャンディーだと気付いたジェス。

「これ、いつの間に入れたのかしら？　森の家には赤いキャンディーはなかったわよね？」

ユリアを着替えさせたフローリアが首を傾げる。

「あとは……こりぇ～！」

そう言ってユリアがポケットから取り出したのは、青い色をした綺麗な木の実だった。

「ブッ！　何でそんなの入っているんだよ！」

ポケットから出てきたそこそこでかい木の実を見てチェスターは爆笑する。

「ユリア、この赤いキャンディーは誰に貰ったんだ？」

シロがポケットを漁るユリアに聞くと、ある場所を指差した。皆がそちらを向くと窓際のソファーに見慣れた老人が座っていた。

「ヨルムンド様⁉」

偉大な大賢者《だいけんじゃ》ヨルムンドは神出鬼没《しんしゅつきぼつ》で、突然現れては、ユリア達にお菓子を渡すので『チョコじい』と呼ばれていた。

「ホホ、皆お取り込み中じゃったから挨拶が遅れたわい」

ヨルムンドは立ち上がると近付いてきて、ユリアが取り出した青い木の実を興味深く見つめている。

「これは……ユリアよ。この木の実はどうしたんじゃ？」

「ん～とぉ……わかんにゃい！」

「ふむ……」

ユリアの答えに考え込むヨルムンド。彼の見立てでは、木の実は『蒼炎《そうえん》』と呼ばれているモノだろう。炎の精霊王サラマンダーが気まぐれに作り出す実で、食べると炎系の魔力が最高値になると言われている伝説の実だが、長年生きているヨルムンドさえも実際には見たことがなかった。

「彼奴《あやつ》は一体この子をどうしようというのか……」

そう言いながら、ヨルムンドは嬉しそうなユリアの頭を優しく撫でる。

「ユリアよ、木の実はわしにくれんかのう？　代わりにチョコをやろう」

「わぁ～～い!!」

チョコを貰って嬉しそうなユリアを見て、他のおちび達もヨルムンドに群がってきた。妖精コウやフェンは勿論だが、ゼノスやネオ、それにピピまでやってきた。

ユリアから『蒼炎』を受け取ったヨルムンドは、大人達にこの木の実の真実を伝える。オーウェンやオーランド達は唖然としていたが、魔物達は何故か誇らしげだ。

「流石はユリアだ」

シロはユリアを見ながら誇らしげに呟いたのだった。


一方で、チョコを貰ったおちび達は、何故か部屋の隅に集まっていた。ユリアの横にちょこんと座るジョジュアは、周りにいる魔物達が怖くてプルプルと震えていた。

「にゃんにゃんにもチョコあげりゅ～！　ユリアはハートでぇ……にゃんにゃんはほち～！」

『……おれぇもいいにょか？』

「にゃんで～？　いいよー！　はい！」

気まずそうなジョジュアだが、ユリアはそんなことは一切気にしていない。ジョジュアの前に星のチョコを丁寧に置こうとしてから包紙に気付いて、一生懸命に剥がそうとした。が、中々開けられない。それはユリアだけではなく、カイルやルウ、それにピアも同じで包紙と格闘していた。

「んーー！　あかにゃい！」

祖父チェスターの短気が移りつつあるユリアはプンスカ怒り始めた。

カイルは真剣にちょこちょこと剥がしていき、ルウは諦めずにちょっとずつ剥がして、野生のピアが包紙のまま食べようとしているのに気付いたクロじいが急いで阻止した。

「おい！　俺が剥がしてやるから貸せ！」

「……」

見かねたチェスターが孫に手を差し伸べるが、肝心のユリアは持っていたチョコをスッと後ろに隠した。

「おちび！　何で隠すんだよ！」

「……あにちがたべちゃう……」

疑いの目で祖父を見る孫。

「甘いものは苦手だから大丈夫だ！　ほら、貸せよ！」

「それって甘いものじゃなければ食べるってことだよな？」

チェスターの発言に、流石の悪戯《いたずら》妖精コウもドン引きしているが、ユリアは安心して持っていたチョコをチェスターに渡した。

「渡すのかよ⁉」と思わずツッコミを入れたコウであった。

「どれ……っておちび！　チョコが溶けてるぞ⁉　ベトベトじゃねーか！」

渡されたチョコはユリアの手の熱さで溶け始めていた。

「……。ユリアじゃにゃいもん！　あにちのせいだもん！」

そう言いながらも、自分の手に付いたチョコを舐めて証拠隠滅《いんめつ》を図るユリア。そんな孫を抱えて振り回すチェスターの様子は、周りから見れば粗暴《そぼう》であまり愛情を感じる振る舞いではないが、ジョジュアには単純に羨ましく思えた。

『おれぇも抱っこさりぇたかった……』

悲しそうに呟く様子を見ていたおちび達は、自分の食べようとしていたチョコを黙ってジョジュアの前に置いた。ユリアは更にポケットを漁り、何かを発見してチョコの上にそれを載せた。

「それを食べるな‼」

それに気付いたゼノスやネオが急いで取り除こうとするが、時既に遅し、嬉しそうにジョジュアが食べてしまった。それは先程ヨルムンドが取り上げた『蒼炎』であった。

「おい、どうする？　こいつどうなっちゃうんだ？」

「僕も分からないよ。何でユリアはまだ木の実を持っているんだ？」

ネオとゼノスの心配をよそに、ジョジュアは疲れたのか何事もなくユリアの膝の上で眠り出した。暫くは何も起きず、ユリアはジョジュアを撫でていたが、いきなりその体が淡く光り始めた。その光は瞬く間に強くなり、ユリアとジョジュアを呑み込んでいく。

「たいへんでちゅ！　にゃんにゃんがひかってりゅー!!」

「ユリア!!」

「ユリア、大丈夫か!?」

「ユリアはだいじょぶでしゅよ!!」

驚くユリアの声が聞こえてきて、ひとまず無事なことに安心したオーウェンやオーランド、シロ達だが、それでも心配なので急いで近寄った時だった。光が徐々に収まってきて、ユリアとジョジュアが姿を現した。

目をパチパチさせているユリアの膝の上で相変わらず眠っているジョジュアだが、あの緑だった毛が燃えるような綺麗な深紅になっていた。驚く一同をよそに、妖精コウがジョジュアの周りを飛び始めた。

「あ～あ。こいつ、精霊化してるぞ!?　よっぽどこの『蒼炎』と相性が良かったんだな!!」

コウの発言に皆が唖然とする中、シロがジョジュアを鑑定し始めた。

【炎の子猫　ジョジュア】
魔力　未知数
体力　10
※『蒼炎』を食べ、炎の精霊王サラマンダーの加護《かご》を受けたので進化した模様。
まだ幼獣のため、魔法が不安定。


「……とんでもないことになってるぞ。こいつに炎の精霊王の加護がついたぞ？　だが体力は10しかないみたいだ」

ジョジュアのステータスを見て苦笑いするしかないシロ。事情を聞いた一同は開いた口が塞がらないままだ。しかし若干二名、チェスターと妖精コウは爆笑している。

「体力10って!!　おいおい!!」

腹を抱えて笑うチェスターを引き摺って、部屋の隅に片手で放り投げるフローリア。それを見て拍手する娘のルイーザ。オルトスはますます逞しくなった妻と勝気な娘に苦笑いだ。

「ホホホ！　これは珍しいのう！　彼奴が加護を与えるとは！」

大賢者ヨルムンドは、三百年前に会ったきりの友の存在を感じて懐かしくなる。

「炎の子猫って何なんだ？」

「聞いたことないわね……」

ステータスの情報を聞いて頭を捻る魔物達をよそに、その珍妙な名前を聞いて更に部屋の隅で爆笑するチェスターとコウ。

「ヨルムンド様、こいつがユリアの近くにいて大丈夫なのでしょうか？」

ユリアを心配したオーウェンがヨルムンドに意見を求める。

「ああ、大丈夫じゃよ。ある意味、精霊王に見張られているようなものじゃからのう。もしユリアに此奴《こやつ》が攻撃をするようなことがあったら、逆に返り討ちに遭うじゃろうな。精霊王はユリアが大好きじゃから!!」

「……精霊王もユリアを？」

オーウェンがユリアを見ながら恐る恐る聞く。

「ホホ、聞くまでもあるまい！」

そう言いながら笑うヨルムンドを見て、頭を抱えるオーウェンであった。

大人達が頭を抱えている中、おちび達はいきなり深紅色になったジョジュアに興味津々だ。

「にゃんにゃんがあかくなったにょ！」

ユリアが美しく生まれ変わった毛並みを撫でながら興奮している。

「しゅごーーい!!」

キラキラした眼差しでジョジュアを見つめるカイル。ルウは未だに驚いたまま動かない。

「にゃんにゃん、きれいだね!!」

ピアは眠るジョジュアを見てニコニコしている。

炎の子猫に進化したジョジュアは安心しているのか、先程までの傲慢で我儘《わがまま》な少年の面影《おもかげ》すらなく、腹を見せながら大の字でスヤスヤと眠っていた。

そこへ、真剣な話を始めた大人達から爪弾《つまはじ》きにされたチェスターが、不貞腐れながらおちび達の元へやってきた。

「おいおい、こいつ馴染み過ぎだろ!!」

「もう！　あにちうるちゃい!!　にゃんにゃんがおきちゃうでちょ!!」

大声で話す祖父チェスターをユリアは注意する。

「こいつはあの怖いガキだぞ？」

「しってりゅよ！　でもいまはかわいいにゃんにゃんにゃの!!」

そう言ってプンスカとチェスターに怒るカイル。

おちび達の冷たい視線がチェスターに突き刺さる。

「……。は、腹減ってないか？　っておい！　お前はもうポケットを漁るなよ！」

「ブーー！」

チェスターが女官に何か頼もうとした時にまたもやユリアがポケットを漁り出したので、急いで止めた。ユリアは不満げにブーイングする。

「ブーじゃねぇよ！　お前のポケットは危険だ！　俺がポケット全部縫《ぬ》い付けてやる！」

「いやでしゅ！　あにちめぇ～……これでもくりぁえーー!!」

ユリアがポケットから何かを取り出してチェスターに投げつけるが、彼は軽々とそれをキャッチした。チェスターの手に収まったのは虹色に輝く丸い玉だ。何となく嫌な予感がしたチェスターは真剣に話し合う大人達の元へ行き、その虹色の玉を見せる。

「おい、おちびがポケットから今度はこれを取り出したんだが……」

「これは……!?」

虹色の玉を見たヨルムンドは驚愕する。

「な……今度は何なんですか？」

恐る恐る問いかけるオーウェン。

「ホホ、普通の飴《あめ》じゃな！　わしがユリアにあげたやつじゃな！」

ヨルムンドの言葉に皆がホッとする。

「おい、爺さん！　驚かすなよ！」

チェスターはお茶目なヨルムンドに呆れながらも、安心したのか、持っていた飴をユリアのポケットに返した。

そんな大騒ぎのせいで、眠っていたジョジュアも流石に目覚めて、起き上がろうとするが、寝ぼけているのかコロンと転がってしまう。

『ん……からだがあちゅいぞ？　コホっコホっ』

すると、ジョジュアが急に咳《せ》き込み出して、咳《せき》をする度に口から煙のようなものが出てくる。自分自身の体の変化に驚いたジョジュアが恐怖でぶるぶると震えているので、それを心配したユリアが優しく背中を摩ってあげる。

炎の子猫になったジョジュアは果たしてどうなるのか……誰も予測出来ないでいた。

第5話　久々の祖父と孫

ユリアは今、大好きな祖父であり憎たらしい天敵でもあるチェスターと、王宮の廊下を歩いていた。幼い孫に引っ張られて中腰で歩く強面《こわもて》の軍トップの姿に、一部の者はハラハラしている。

「おい！　お前は食い過ぎ、飲み過ぎだ!!　何回トイレに行くんだ!!」

「しゃんかいめ～！」

何故か楽しそうに答える孫を見て、唖然とするが自然と笑顔になる祖父チェスター。

どうしてこの問題児（？）だけで行動しているのかというと、遡ること一時間前。

それは子猫ジョジュアの変化から始まった。

シロやクロノス、それに大賢者ヨルムンドはこの変化した子猫をユリアの側に置いても安全か、隈《くま》なく調べ始めた。

「この咳は何だ？」

シロがコホコホと咳き込むジョジュアを警戒する。

「まだ強大な炎の力を抑えきれていないのじゃろう」

そう言ってジョジュアの背中を優しく摩るヨルムンド。

ユリアはそんな苦しそうなジョジュアが心配で近付こうとするが、そこに父親であるオーウェンや兄であるオーランドが立ちはだかる。

「ユリア、お前はここから動かないでくれ」

「とーしゃん、なんででしゅか？」

訳が分からずに首を傾げるユリア。

「お前が意図せずとも何かが起きる！　お願いだ！　少し大人しくしてくれ……それと絶対にポケットにも手を入れるな！」

「ユリア～！　にーにの所においで～！」

「兄上、もうそろそろ時間です」

オーランドはユリアを抱っこしようとしたが、絶妙なタイミングで仕事に戻る時間になり、ケイシーに引き摺られるように消えていった。

他のおちびは皆疲れたのか、各々の親の元でスヤスヤ眠り始めている。そんな光景を見ていたユリアは、母親が恋しくなり次第に一人不貞腐れていった。アネモネはまだ戻っていないのだ。

そしてもう一人、皆に相手にされず不貞腐れていた人物がいた。ユリアの祖父であるチェスターだ。

「おい、お前も一人か？」

ユリアの横で寝転がり、積み木をひたすら孫に渡しているチェスター。

「あい」

チェスターに渡された積み木を積み上げながら頷くユリア。

「お前も大変だな」

「あい」

ぶすっとした孫を見て、徐《おもむろ》に立ち上がるチェスター。

「おい、散歩に行くか？」

「あい」

オーウェン達にはトイレに連れていくと言い、まだ不機嫌な孫を小脇に抱えて部屋を出ていった。


そして現在、何故か問題児達は厨房《ちゅうぼう》に突撃していた。

「あの、何か御用ですか？　ご要望があればこちらからお持ち致しますので……」

料理人達は筆頭公爵で軍のトップでもあるチェスターと、この国の王女で〝神の愛し子〟であるユリアのいきなりの登場に驚き、恐れ慄《おのの》いていた。

「ああ、気にするな！　俺達は隅っこで好きにやるから、お前達は仕事をしてくれ！」

「おちごとちてくだちゃい！」

チェスターに肩車されてすっかり機嫌が良くなったユリア。

料理人達はそれ以上何も言えずに、緊張感を漂わせながらの仕込み作業が始まった。その横でチェスターがユリアを床に降ろし、冷蔵庫を開けて何やら探し始める。

「あにち～。なにちてりゅの？」

「おお、酒を探してるんだよ！　お前も何か飲むか？　……いやあんまり飲ませるとおねしょするか～？」

「ユリア、おねちょちましぇんよ!!」

ムキになったユリアは得意技のポカポカ攻撃をするが、いつものように頭を押さえられて手がチェスターまで届かない。

「おっ！　お前が好きなオレンのジュースがあったぞ？」

「ほっちい！　ほっちい！」

大好きなジュースを目の前にして、ユリアはコロッと気分が変わり、嬉しくて小躍りしている。

そんな可愛い王女の姿に料理人達はほっこりする。

「おっ！　酒あるじゃねーか！」

「あっ……公爵様。そちらは料理用の酒です！　今、新しいお酒をお持ち致します！」

料理用に開けてある酒を飲もうとするチェスターに、新しい高級酒を手配しようとする料理長。

「ああ？　これでいい！　飲めればいいんだ！」

（この人、本当に筆頭公爵なのか!?）

酒瓶からがぶ飲みするチェスターを見て、料理人達は呆気にとられる。ユリアもそんなチェスターを真似して瓶に口をつけようとしたが、それを見た料理人が必死に止めて、可愛い猫さんのコップに注いであげた。

「ありがとごじゃいまちゅ！」

きちんとお礼を言う健気《けなげ》な王女に皆が癒されている中、チェスターは冷蔵庫からチーズやスモークハムを取り出して本格的に飲み始めた。

「あにち！　のみちゅぎでしゅよ！」

そう言って酒瓶を取り上げようとする孫ユリア。

「お前も飲み過ぎだぞ!!　本当におねしょするぞ!?」

「ちないよ!!」

（流石祖父と孫……似た者同士）

料理人達が胸の内で感心する。

こうして飲み食い散らかしていたチェスターとユリアだが、とうとう終わりの時が来た。

「何をしているんだ？」

厨房の入口を見ると、もう一人のユリアの祖父オルトスが、元から厳しい顔を更に厳しくさせて立っていた。

「なんかしゃむいでしゅ……」

ユリアはオルトスから放たれている冷気にブルッと震える。チェスターはそんな孫の威《い》を借りるようにユリアを前に差し出す。

「こいつがどうしてもジュースを飲みたいって言うから連れてきたんだよ！　俺だって……飲みたくて飲んだだけだ!!」

酔いが回り過ぎて後半の内容が意味不明である。

「お前という奴は……孫に罪を着せるとはどうしようもないな！」

そこへ駆けつけたシロやオーウェンによって、ユリアは無事に保護（？）されていった。

楽しそうにチェスターに手を振るユリアだが、彼にはこの後、オルトスと妻エリーによる精神が崩壊しそうな程の長時間の説教が待ち受けているのだった。

†

無事保護（？）されたユリアが部屋に戻ってきたのだが、他のおちびはやはり眠ったままだ。

「ぶぅ……ちゅまんない!!」

寂しそうなユリアの元にやってきたのはネオとゼノス、そして妖精コウ&フェンコンビだ。

「ユリア、俺達と遊んでくれないか？」

ネオがそう言うと、ユリアは嬉しそうに頷いて立ち上がり、よちよちと寄っていく。

「何して遊ぶ？」

ゼノスが優しく問いかける。

「ん〜……あっ！　たんけんしたいでしゅ!!」

「おー！　探検かぁ〜！　いいねぇ！」

ユリアの提案に賛同する妖精コウ。だが、何か嫌な予感がするネオやゼノスは苦笑いだ。

「ユリア……この部屋の中で遊ぼうよ？」

「ダメでしゅよ!!　せかいじゅーをたんけんしゅるんでしゅよ!!」

ゼノスが懸命に諭すが、ユリアは何故か世界を探検する気満々なのだ。ネオやゼノスは、恐らく元凶であろう妖精コウをジト目で見るが、彼は口笛を吹きながら知らん顔をするだけだ。

そんな中でユリアはお気に入りのピンクの肩掛け鞄をソファーに取りに行くと、中にお菓子を詰め込み始めた。

「どうする？　行く気満々だけど……」

「今止めたら俺が嫌われるだろ！　ゼノスが言えよ!!」

「えっ!!　嫌だよ！　僕も嫌われたくない！」

ゼノスとネオが言い争っている間に、ユリアは鞄を肩に掛けて、お気に入りの麦わら帽子を被り準備万端整っていた。だが、ユリアの異変に気付かない訳がないシロが立ちはだかる。

「ユリア、ここで大人しくしていてくれ」

「ユリアはせかいじゅーをたんけんしゅるんでしゅよ！　シロにもおみやげかってきまちゅ！」

そう言って手を振りながら部屋を出ていこうとするユリアを、シロは簡単に捕まえた。

「はなちて!!」

足をバタつかせて抵抗するがビクともしないシロに、次第に大人しくなっていくユリア。

そしてそれから一時間経過した。ユリアは完全に不貞腐れて部屋の隅に張り付いていた。シロや他の魔物達が必死に機嫌を取ろうとするが、石のように動かない。そこへオルトスの説教から解放されたチェスターが顔面蒼白で戻ってきて、ふらつきながら力尽きたようにソファーに崩れ落ちた。それを横目で見ていたユリアは立ち上がろうとするが、足が痺《しび》れて暫く一人で悶絶《もんぜつ》していた。その光景を見て妖精コウやフェンは思わず肩を震わせる。

やっとのことで立ち上がったユリアは、崩れ落ちたまま動かないチェスターの前まで歩いていく。そして恐る恐るだが、人差し指でチェスターの腕をちょんと突いた。

「あにち……しにまちたか～？　もちちんでたらへんじしてくだしゃい」

ユリアの言葉を聞いていた周りの者は一斉に噴き出す。

「……死んでたら返事出来ねぇだろ！　相変わらずトンチンカンなことを言いやがって!!」

チェスターは起き上がりながらユリアを抱え上げて大笑いする。

「あにち!!」

元気そうなチェスターを見て喜んでいるユリアの姿に、機嫌が直ったと分かって安堵《あんど》する一同。

中でも、注意したのはいいがユリアに嫌われたかも、と内心生きた心地がしなかったシロはそっと胸を撫で下ろした。

「お前は何で不貞腐れてたんだ？」

「……ユリア、たんけんちたいのに……ダメって……」

「お前が探検したら伝説級のお宝がごろごろ出そうだからな!!　大人しく積み木で遊んでろ!!」

「いやでしゅ!!　あにち～！　あしょぼ～？」

孫の『必殺キラキラした目』で見つめられたチェスターだが、次の瞬間にはユリアを降ろすとまたソファーに横になり始めた。

「もう！　おきてくだしゃい!!」

ユリアがほっぺを膨らませながら、チェスターを一生懸命に起こそうとする。だが一向に動こうとしないので、ユリアはピンクの鞄から、先程入れたばかりのチョコチップクッキーを取り出してチェスターの鼻の前に持っていく。

祖父と孫の不思議なやり取りを見守っていた周りがまた噴き出す。

「おい！　餌付《えづ》けかよ!!」

妖精コウは腹を抱えて笑っていた。

チェスターが反応しないので、ユリアは残念そうにクッキーを鞄にしまった。そして、また何か考える仕草をしたと思ったら、再び鞄を漁り出す。ユリアが次に取り出したのは黄色い果物、〝バーナナ〟であった。丁寧に皮を剥《む》いて、またチェスターの鼻の前に持っていく。

「ブッ！　動物かよ‼　確かバーナナって猿の好物だよな‼」

これにはオーウェンも我慢が出来ずに声を上げて笑ってしまう。

ユリアは自分で食べたくなったのか、チェスターの前から自分の口にそっと持っていき、美味しそうにモグモグと食べ始めた。

「お前は自分で食べてんのか‼」

「もぐもぐ……おい……もぐ……ちい」

「話すか、食べるかどっちかにしろ‼」

勿論、食べることを優先したブレない孫を見て呆れるチェスターだが、また鞄を漁り始めたので仕方なく起き上がり、相手をすることにした。

「分かった！　遊んでやるから早くバーナナ食べろ‼」

起き上がったチェスターを見て嬉しそうに頷いたユリアは、急いで残りのバーナナを口に詰め込むが、残り僅かになったところで、目を擦り始めてうつらうつらと頭が揺れていく。

「おい！　ここで寝るのか⁉」

もぐもぐと食べながら器用に寝始める孫に振り回される祖父チェスターであった。

†

バーナナを食べながらうつらうつらと眠り始めたユリアを本格的に寝かせようと、オーウェンがベッドへ連れていこうとした。

「ユリア、お昼寝しよう」

そう言って食べかけのバーナナを手から離そうとするが、離してくれない。

「バーナナはお昼寝が終わったらまた食べよう、な？」

「ん……ん～……嫌でしゅ!!」

目を擦っていたユリアがいきなり眠気から復活してしまった。その後に少しグズったが、オーウェンから降ろしてもらうと、一直線にジョジュアの元へ走っていく。だがよちよち走りなので遅く、皆が固唾を呑んでユリアの次の行動を見守る。

「にゃんにゃん、だいじょぶー？」

『からだがあちゅい……』

少しだけ紅く発光しているジョジュアは、舌を出して苦しそうに唸っている。そんな可哀想な子猫を見て、ユリアは久しぶりに例の呪文を唱える。

「いたいにょとんでけーー!!」

『うわーー!!』

その瞬間に、ジョジュアはフワッと浮遊していき、更に強く発光する。

「ありぇーー!?」

浮いてしまったジョジュアを見てユリアは慌てふためく。

次第に発光が収まって、地面にコロンと転がる子猫。その毛並みは更に紅く艶《つや》やかになったが、皆がそれ以上に注目したのは、背中から小さな羽が生えていたことだ。

「おいおい！　更に進化していないか!?」

オーウェンはまた愛娘ユリアのとんでもない力が発揮されたことに驚いている。シロや他の魔物達も思わず脱力する。

「ほぅ……本当にユリアは面白いのう!!」

ユリアの頭を撫でて感心するのは大賢者ヨルムンドだ。

「えへへ！　ユリアおもちろい？」

ただただ照れているユリアを見て、ジェスとチェスターは呆れるばかりだった。

『ありがとう……でもにゃんで、はにぇがはえてりゅんだ？』

ジョジュアは体が楽になり、力も漲《みなぎ》っている状態に驚いたが、今度はちゃんとユリアに感謝する。

ただ一つ疑問に思っているのは羽が生えた理由だが、質問してもユリアは首を傾げるだけだ。多分……というか、絶対に自分がやったことだと分かっていないのだろう。

「おい！　飛んでみろよ!!　俺の後に続けーー！」

嬉しそうに自身の周りを飛ぶ妖精コウに促されて、ジョジュアは一生懸命に羽を使おうとする。

そこへピピもやってきてコウと戯れ始めた。それを見て、自分も早く仲間に入りたくて羽をパタパタと動かしていると、次第に体が浮いていくのが分かり、初めての達成感に嬉しくなる。

『とべたーーー!!』

「おっ！　やるな!!」

コウに褒められて、羽と同じくらい尻尾を振るジョジュア。そんなファンタジックな光景を見ていたユリアは自分も飛びたくなったのか、手をパタパタさせてジョジュアやコウ、ピピの後を追っていく。

「ユリアはいつも楽しそうだな」

「まぁ……それがあの子の良いところなんですが、いつも何かが起こるんですよ」

ジェスは、そう言いながら遠くを見つめるオーウェンの苦労を察して彼の肩をそっと叩いたのだった。

「あの子が赤子の時に拾ったのが……」

「俺だな」

オーウェンが言う前に自ら答える伝説の魔物〝フェンリル〟シロ。シロを拾ってからというもの、ユリアは森に遊びに行く度に伝説級の魔物を連れてきた。それなのに、そんな国をも簡単に滅ぼせる魔物達を今でもただの〝動物〟と思っている。

最初は生きた心地がしなかったオーウェンとアネモネだが、慣れとは恐ろしいもので、次第に驚かなくなっていった。

「なんと言うか……ユリアだからな」

一生懸命に手をパタパタさせて追いかけているユリアを見ながらしみじみと言うジェスに、皆が賛同して微笑む。

箱に封じられたまま闇の中で一生を過ごすか、封印から解かれて死を迎えるかの、地獄のような苦しみから救ってくれた小さな救世主。それがジェスにとってのユリアだ。

ジェスは今でも自分を裏切った親友を許せないし、許すつもりもない。それどころかこの手で殺しても殺し足りないぐらい憎んでいる。だが、ユリアといると、そんなことなど忘れる程に楽しく、忙しく日々が過ぎていく。

「確かに面白いおちびだな！　俺を見ても怖がらないしな!!」

チェスターは初めてユリアと対面した時のことを思い出して笑う。

自分で言うのもなんだが、強面で竜人族の中でも大柄な方のチェスターを初めて見る子供は、皆泣き出すか逃げ出すかで、あんなに真っ正面から懐いてくる子供はいなかった。娘であるアネモネに似た性格で、無条件に好いてくれる孫ユリアが、可愛くて可愛くて仕方がなくなっていた。

あんなに嫌だった仕事も、孫に良いところを見せたいがためにこなしている自分に驚きつつ、妻のエリーも、ユリアのお陰で病から完全に回復して、今では大好きな研究のために魔物達を追い回している。

一時は交流が途絶えていたアネモネとの関係修復も、ルウズビュード国の変化も、全てユリアが中心にいた。

「ふふっ！」

フローリアとオルトスも、孫であるユリアに助けられた。ルウズビュード国に残る悪習を断ち切ってくれて、娘であるルイーザをローマル侯爵の元から救い出すことが出来た。

そんなルイーザは長年にわたり魔力を奪われていたので、体と心の成長が止まったままだが、本来はオーウェンの姉なのだ。ユリアにとっては伯母のはずだが、見た目はユリアの方がお姉さんなので到底そうは見えない。

皆が思い思いにユリアとの思い出に浸っていると、当の本人であるユリアがとんでもないことになっていた。

なんと浮いている。

ジョジュアや妖精コウ、ピピに続いてパタパタと楽しそうに飛んでいた。

「ホホ！　大丈夫じゃ！　これはわしが魔法で飛ばしているだけで、この子の力ではない。一生懸命だったからつい手伝ってしまってのう～！」

椅子に座り紅茶を飲みながら、ヨルムンドはなんてことないように言う。

「きゃーー!!　ユリアとんでりゅーー!!」

パタパタ飛んでいるユリアは大興奮で、案の定というか鼻血が出てしまう。一旦降ろしてもらい、慣れた手つきで自らちり紙を鼻に突っ込んでの飛行再開に、皆が笑いに包まれたのだった。

第6話　勇者

その頃、各国との話し合いのために国を出発しようとしていたオーランドの元に、衝撃的な情報が飛び込んできた。

ラトニア王国に移送中だったネロが消えたというのだ。ルウズビュード国の精鋭《せいえい》兵士と最強の魔物ガルムとチェビもいたはずなのに忽然《こつぜん》と消えたのだ。そこに残されていたのは壊れた移送用の馬車だけだった。

オーランドはシロ率いる魔物達と、オーウェンを呼び緊急会議を始めた。

「本当なのか⁉」と衝撃を受けるオーウェン。

「ええ、ラトニア王国から連絡がありました。予定の時間になっても来ないので捜索隊を出したら、移送馬車だけが残されていたと……」

オーランド自身も信じられないでいた。

「ガルムとチェビの気配は探れないのか？」

「今、気配を探っているが……感じないな」

オーウェンの問いかけに冷静に答えてはいるが、今までにない事態に焦るシロ。他の魔物達も気配を探っているが、シロと同じ結果らしく黙ったままだ。

「ネロにそんな力があったとは思えない。あの時にちゃんと拘束もしたから力も使えないはずだ。しかも奴がガルムやチェビをどうにか出来るとは到底思えない」

クロノスの意見に皆が頷く。

「ネロの仲間って……全部捕まえたわよね？」

「何が言いたいんじゃ、ラーニャ」

「クロじい、もしかしたらあいつには別の仲間がいたのかもしれないと思って……。掴みどころのない奴だったから分からないけど、もしガルムやチェビに何かしら出来る仲間だったら今までと訳が違うわ」

「ふむ……。とりあえずガルム達を見つけるのが先じゃな」

皆が話し合いを進めている中、中庭にとある三人の影があった。

大賢者ヨルムンドと魔神マーリン、そして金髪の超絶美少年の姿であった。

「動き出したか……」

ヨルムンドはいつになく厳しい顔だ。

「〝あいつら〟とネロに何の関係があるんだ？」

「マーリンよ、彼奴の力は魔物を操るだけではないじゃろう？」

「ああ、人も操れるな……。〝あいつら〟はネロに操られているのか？　そんなに弱い奴らを〝召《しょう》喚《かん》〟したのか、あの国は」

呆れるマーリンは、黙ったままの金髪少年をチラッと見る。

「どうするんです？　またまたユリアの危機ですよ！　そもそも何故あの国の暴挙を許してるんですか！　勇者召喚なんて馬鹿らしい！」

「まぁ落ち着け。わしもこのまま見守っているだけだと思うか？　それに勇者召喚は戦神《せんしん》ライディンの独断じゃ！　彼奴は生意気なのじゃよ！」

老人口調でプンスカ怒る金髪の少年。

「確かに生意気だよね、僕もあの脳筋は苦手～！」

マーリンもそれには同意する。

「それでネロ達は何処に消えたのかな～？」

「勇者達と行動を共にしておるのぅ。見た目も変えたみたいじゃな、本当にややこしい奴じゃ！」

現在逃亡中のネロは〝勇者〟達と行動を共にしているらしい。北にある大国が異世界から召喚した勇者は〝魔王〟を倒すべく旅をしているらしいが、その最中にネロと出会ったのだろう。

「何が魔王じゃ！　馬鹿馬鹿しい！」

勇者の目的を聞いて憤《いきどお》るヨルムンド。この世界には様々な種族がいるが魔族だけは迫害を受けていて、今はとある森の奥に隠れるようにひっそりと暮らしている。

彼らの特徴は、頭に生えた黒い角に深紅の瞳、そして漆黒《しっこく》の翼《つばさ》だ。その見た目から災《わざわ》いを齎《もたら》すと恐れられて迫害されたのだ。

ヨルムンドの友の中には魔族もいる。魔族は基本的に穏やかで争いを好まない。なので隠れて暮らしているのだが、とある事情で戦神ライディンを信仰する大国に狙われているのだ。

「まずはルウズビュード国の兵士と魔物達を助けないとな」

マーリンは彼らの消息に心当たりがあるらしい。

「ネロもこのままに出来ないしのぅ。ユリアに執着しているのも気になるわい」

「ラズゴーン様、貴方はダメですよ？　貴方が関わると逆に面倒になりそうだからね！」

マーリンに厳しく指摘されてシュンとする金髪少年、創造神ラズゴーンであった。


一方、ユリアも何かを感じ取っていた。

「たいへんでしゅ！　たしゅけないと!!」

嬉しそうにおやつを食べていたが、急に立ち上がり騒ぎ出したのだ。今はジェスが一緒にいるが、急に様子が変わったユリアに戸惑いを隠せない。

「どうしたんだ？　誰を助けるんだ？」

「がーちゃんとチェビでしゅよ！　くろいとこりょにいましゅ！　モヤモヤしてていやでしゅよ!!」

そう言うと、ソファーに置いてあったいつもの肩掛け鞄を持って、覚束《おぼつか》ない足取りで歩き出そうとする。ジェスはそんなユリアを抱っこして宥めるが、彼女はいつも以上に暴れる。

「はなちて！　たしゅけるの……うわぁーーん!!」

激しく泣き出したユリアに反応するかのように、体全体が激しく光り出すと、ユリアは忽然とジェスの目の前から消えてしまった。

「ユリア!!」

いきなり消えたユリアに焦るジェス。その場にいた女官やフェン、ジョジュアもユリアが急に消えたことに驚きパニックになる。

騒ぎを聞きつけて駆けつけたオーウェンやオーランド、シロ達はジェスに説明を求める。

「いきなりがーちゃんとチェビを助けないと、と言って騒ぎ出して……止めようとしたら光り出して消えたんだ……くそ！　ユリア！」

動揺する一同。シロ達は懸命にユリアの気配を探すが、ガルム達と同じで何故か感じないのだ。

その時、一同の前にやってきたのは大賢者ヨルムンドと魔神マーリンであった。

†

「ん～……ここはどこでしゅか？」

眩い光に包まれて消えたユリアが目を覚ました。だが、周りは真っ暗で何も見えない。キョロキョロと辺りを見渡すが暗くて無音のため、恐怖心が最高潮に達したユリアは泣き出してしまった。

「うわーーん……こわいでしゅよ……かーしゃん！　とーしゃん！　シロ！　……うわーーん！

みんにゃどこ？」

「おい！　ユリア大丈夫か!?」

すると、ユリアの着ているワンピースのポケットから、眩しい光が飛び出してきた。そう、妖精のコウだった。

「……すん……すん……じゅる……」

鼻水を垂らしながらもコウの存在に安堵したユリアは、肩掛け鞄からちり紙を出して慣れた手つきで鼻に突っ込む。

「ブッ……一応王女だろ！　まぁ今はいいか……」

パタパタ飛んでいるコウは光り輝いているが、周りは真っ暗で相変わらず何も見えない。何故コウがいるのか？　それはコウだからだ。

妖精コウは〝最古の妖精〟で、その存在は神の領域に達しているが、本人はそれに気付いていないのだ。本来なら他の魔物達や竜王ですら敵《かな》わない相手であり、いつもコウを説教しているアネモネやフローリアがそれを聞いたら、間違いなく卒倒してしまうだろう。

「なにもみえましぇん……こわいでしゅ……」

「大丈夫だ！　俺の最強の光魔法で……」

また泣きそうになるユリアを必死に宥めるコウ。

「【妖精魔法　シャイニングパーティ！】」

コウがそう唱えると、花火のように色とりどりの光が、この悍《おぞ》ましい暗闇を眩く照らす。

「しゅごいでしゅ！　きゃああ！」

色とりどりの光に興奮するユリアとドヤ顔のコウ。すると、少し先に倒れている人がいた。ユリアはよちよちとその人物に近付こうとするが、先にコウが飛んでいき様子を見る。

「おい！　こいつは行方不明になったルウズビュード国の兵士じゃないか!?」

倒れていたのは、ユリアもよく知っている兵士の青年だった。ユリアの祖父であるチェスターの直属の部下なので顔見知りなのだ。

「ああー！　おにいしゃん！　だいじょぶでしゅか!?」

顔が青白く、辛《かろ》うじて息をしている青年。ユリアは急いで例の呪文を唱える。

「いちゃいのとんでけーー!!」

すると、青年の顔色に赤みが戻ってきて、次第に目が開いていく。

「ん……ここは何処だ？　……ってユリア王女!?」

起き上がった青年は辺りを見回し、顔の近くでぴょんぴょんと必死に飛び跳ねているユリアを見つけて驚く。彼の記憶では、確かあの忌々《いまいま》しいネロを移送する馬車の警備をしていたはずだが、何故か目の前に我が国の天使王女ユリアがいる。

「俺もいるぞ!!」

「おお！　妖精様!!」

ユリアの周りを飛び回って猛抗議するコウに、青年はまたも驚く。

「お二人だけですか？　それに仲間もいない……」

「近くでお前が倒れてて、他の奴はまだ見てないな。一体何があったんだ？」

「分かりません。もうすぐラトニア王国に到着するところで……そうだ！　四人組の若い男女に襲撃されたんです！」

青年兵士の話によると、冒険者風の若い四人組がいきなり襲ってきて、拘束していたネロを解放しろと迫ってきたらしい。ガルムやチェビがいたので優勢だったが、一人の少女が唱えた呪文で状況は一変した。急激に魔力を吸い取られる感覚に襲われ、その瞬間に意識がなくなった。

「ふむ……。それは最高位の封印魔法だな！　それを人間が使ったのか……う～ん？」

首を傾げるコウの横で同じく首を傾げるユリアを見て、ほっこりする青年兵士。

「とりあえず、他の奴を探すか！　ガルムとチェビも探さないとだしな！」

「チェビ～！　がーちゃん！　みちゅけりゅの！　それでみんにゃでおうちにかえりゅよ！」

鼻息荒く宣言して歩き出すユリアは肝《きも》っ玉《たま》が据《す》わっている。それを見て笑いが止まらないコウと、自らも気を引き締める青年兵士だった。

†

一方、ルウズビュード国では、魔神マーリンと大賢者ヨルムンドが、ユリアに起こったことについて説明していた。

「ユリアは無事だよ。多分、ガルムとチェビに起こったことを感じ取ったんだと思う。ガルム達もユリアのことを考えたんだろう」

「何故ユリアの気配が感じられないんだ!! 今すぐにでも助けに行かないと！」

珍しく取り乱しているシロはマーリンに詰め寄る。

「この世界と違う空間にいるんだ。神の領域ってやつかな。いくら君達でも神の領域には手出しは出来ないでしょ！」

「『神の領域⁉』」

その名称に言葉を失うオーウェンやオーランド。

「じゃあコウは⁉ あいつは妖精だろ？ 何故ユリアと一緒にいられるんだ？」

ジェスの疑問は皆が思っていたことだ。ユリアを抱いていたジェスが弾かれ、コウだけは移動出来たというのが腑《ふ》に落ちないでいる。

だが、ヨルムンドから返ってきた答えは、想像の遥か上を行っていた。

「彼奴は自分では気付いていないが〝最古の妖精〟なんじゃよ。創造神によって生まれた最初の妖精で……人間達は確か妖精王と呼んでいるかのう」

「「「「……はあ！！？？」」」」

開いた口が塞がらない一同。妖精王は伝承が残っているのみの神秘的で未知な存在なのだ。

それを聞いたフローリアは、自分がコウにしてきた数々の説教を思い出して卒倒してしまうのだった。

†

怖いながらもよちよちと歩きつつ懸命に先に進むユリアと、周りを警戒しながらユリアを守るように歩くルウズビュード国兵士の青年。妖精コウの光魔法で周辺が見えるようになったので、消えた他の者達を探しつつ進む。すると、また前方に人が倒れていた。

「アレック!!」

その人物に気付いた青年が急いで駆け寄るが、反応がない。少し遅れてやってきたユリアが例の呪文を唱えると、アレックと呼ばれた倒れている青年が淡く光り出して、先程の兵士と同様に顔色が良くなると瞼《まぶた》を開く。

「ん……んʼ!? ここは何処だ!?」

いきなり飛び起きて騒がしいアレックに驚いて、目が点になるユリアと妖精コウ。

「気が付いたか。俺達は襲撃に遭って……」

「あぁーー!!　そうだ！　変な男女に襲われて……そうだ！　ネロを渡せって言われたんだ！　ネロはどうした⁉」

青年の話を遮って大騒ぎするアレック。だが次の瞬間、頭に強い衝撃が走り倒れ込む。

「いい加減に落ち着け。もう一発喰らいたいか？」

「イタタ……ん？　コーエン兄上⁉　ああ!!　無事だったんですね!!」

アレックは青年をコーエン兄上と呼び、拳骨《げんこつ》を喰らった痛みで悶絶しつつも、再会を喜び涙する。

何かと感情が忙しいアレックに、コウはドン引きだ。ユリアはアネモネに喰らった拳骨を思い出して自然と頭を押さえている。

「うぅ……コツンはいたいでしゅよ……」

「ん？　………えええーーー⁉　何故ユリア王女がここにいるんですか⁉」

ユリアの存在に今頃になって気付いたアレックは、猛烈に驚いて腰を抜かしてしまう。

「アレック、お願いだから少し落ち着いてくれ。今から説明する。いいな？」

忙《せわ》しないアレックに呆れるコーエン。

「存在がうるさい奴だな！」

そう言いながらアレックの周りを飛び回るコウ。

「ん？　妖精様もいる⁉　……どうなっているんですか、コーエン兄上!!　これは夢ですか⁉」

「いや、俺達はあの男女に襲われた時に何処かに閉じ込められた。今は仲間の安否《あんぴ》も心配だ、先を急ぎながら説明する」

腰を抜かしたアレックを起こしながら、冷静に説明するコーエン。そして、そんなうるさいアレックを興味津々に見ているユリアにも先に進むように上手く促した。その腕前にコウは感心する。

「お前、面倒見が良いな！」

「妖精様、うちは七人兄弟で下にはまだ赤子もいます。このアレックもうちの三男でして……忙しいのが日常茶飯事《さはんじ》なので、すみません」

「お前が長男か？」

「はい。うちは全員男兄弟でして、それこそ食費やら何やらで大変でしてね。兵士になればその分食費が浮くので、私含めて上の三人は軍部に所属しています！」

「何ていうか……大変だな」

妖精コウに気を遣わせるコーエンであった。


少し進む頃には、ユリアはアレックと手を繋いでいた。

「ふんふんふ～～ん！　ふふふふ～！」

「はは！　相変わらず変な鼻歌ですね!!」

失礼極まりない発言をするアレックに、コーエンはハラハラしっぱなしである。

「アレック！　王女に失礼だぞ!!」

「こいつ面白いな!!」とそんなアレックを見て愉快なコウ。

「もう！　しじゅかにちてくだしゃい！　……ふんふんふふ～！　ふふふっふ～!!」

「ブッ！　ユリア王女、それは何の歌なんですか？」

今度はアレックの方がユリアに興味津々だ。普段はユリアの周りにいる魔物達や、何よりチェスターの手前、中々話せないので今がチャンスなのだ。

「ん～？　あにちのあちくちゃのうたー！」

その答えを聞いて腹が捩《よじ》れるくらい笑い転げるアレック。流石のコーエンも我慢が出来ずに笑ってしまう。

「これはにばんのうた～！　いちばんもききまちゅかー？」

「おい、ユリア！　二番もあるのか！　何番まであるんだよ！」

流石のコウも驚く。

「んーと……ごばんまでありゅ～！」

かなり深刻な状況だが、それを聞いて更に笑い転げてしまうアレック達であった。

†

とある森の奥深くに一つの集落があった。綺麗に咲いている花々や、この集落を守るように囲む逞しい木々が今は無惨に燃え盛っていた。

逃げ惑う人々の叫び声が各所で聞こえてくる中、その中心にいるのはまだ若い男女四人組だ。

「早く魔王を出せ！　人々に危害を加える厄災《やくさい》め‼」

逃げ惑う人々に向かって煌《きら》びやかな剣を構える少年。

「そうよ！　さっさと倒して〝元の世界〟に帰るの！」

煌びやかな杖を持つ気怠《けだる》そうな少女。

「化け物共が！」

悪態を吐く気が荒そうな少年。

「………」

何を考えているのか分からない無表情の少女。

そんな四人の目の前で、逃げていた幼い少女が転んでしまう。父親らしい男性がその少女を必死に庇う。

気が荒そうな少年は、そんな無抵抗な二人に自身が持っている槍を向け、今にも突こうとしていた。が、その瞬間に、無表情の少女が突如苦しみ出して口から吐血した。

「何⁉　麻実《まみ》、どうしたの⁉」

気怠そうな少女が駆け寄ろうとしたが、苦しんでいる麻実という少女からドス黒い煙のようなものが上がる。

そして、それが輝くような光に変わった瞬間に、この集落全体を光が包み込むと、燃え盛っていた炎が一瞬で鎮火《ちんか》する。

唖然とする四人の目の前に突如として現れたのは、封印したはずの男達と飛び回っている妖精、そして金髪のポニーテールが眩しい幼い女の子だった。

†

ユリア達が暫く進むと数人のルウズビュード兵士が倒れていた。その横で冷静に座っている見覚えのある二人に気付いたユリアが、嬉しそうに駆け出した。

「がーちゃん‼　チェビーーー‼」

ユリアが名前を呼びながら手を振っている。

「本当にユリアか⁉　急に気配がしたからまさかと思ったが……どうしてここにいるんだ⁉　まさか捕まったのか⁉」

驚いてユリアに駆け寄り、怪我がないか確認するガルム。

「ユリア……もう会えないと思いました」

そう言ってユリアを大事そうに抱きしめるチェビ。

「おい！　狡《ずる》いぞ！　俺にも抱っこさせてくれ！」

一見するとユリアを囲んで騒いでいる二人の青年にしか見えないが、そんな二人を見て青ざめ生きた心地がしないコーエンとアレック兄弟。

二人とも見た目は息を呑む程綺麗な青年だが、その正体は〝地獄の番犬〟と恐れられている最強クラスの魔獣ガルムと、国を滅ぼしたとされる謎の多い大蛇バジリスクなのだ。

彼らとはネロの移送中も、適度な距離を保ちながら行動を共にしていたが、最強として名高いルウズビュード兵も、彼らの底知れない魔力や存在感に緊張の連続だった。

「あーー！　たおれてましゅよ！　たしゅけないと!!」

倒れている兵士達に気付いたユリアは急いで駆け寄ると、あの得意な呪文を唱えた。すると、青白かった兵士達に血色が戻り目を覚ました。彼らも目の前にユリアがいることに驚いたが、天真爛《てんしんらん》漫《まん》なこの可愛らしい幼子の存在のお陰で不安な気持ちが消えていく。

「よし！　ユリア、今すぐここから出るぞ!!」

「ハァーーイ!!」

ユリアの周りをぐるぐると飛んでいた妖精コウが張り切って叫ぶと、ユリアも元気いっぱいに返事をする。

「私達も出口を探したんですが見つからなかったんですよ。君は分かるんですか？」

チェビの言葉に期待が膨らむ一同。

「……分からん!!」

堂々と答えるコウに落胆する兵士達と、呆れて溜め息を漏らすガルムとチェビ。だが、ガルムに抱っこされていたユリアが、何かに気付いたのか一点の方向を見つめ始めた。

「ユリア、どうしたんだ？」

「がーちゃん……あっちでないてりゅちとがいっぱい！　たしゅけないとダメ!!」

ユリアの言っていることが理解出来ない一同だが、必死な様子を見て、彼女の指差す方へ歩き出した。暫く歩いていると、先行して進んでいたコウが小さな光を見つけた。

「あれか！　確かに光から嫌な気配が微《かす》かにするけど、これじゃああんまり分からないな！」

兵士達は何が何やら分かっていないが、ガルムとチェビはコウと同じく嫌な気配を感じた。

「まぁ、嫌な予感しかしませんが、ここからしか出る方法はないでしょうね。ユリアは私が必ず護るので問題はありません」

妖艶な笑みを浮かべるチェビに、何故か悪寒《おかん》を感じる兵士達。

「我が護る！　お前は腹を満たしていろ！」

ガルムに降ろしてもらったユリアは、その小さな光に触れた。すると小さかった光が大きくなり、一同を包み込んだのだった。


光が収まったと同時に聞こえてきたのは人々の悲鳴や怒号だった。何事かと辺りを見渡したユリア達の目の前で、一人の男性とユリアくらいの幼子が若い男性に襲われていた。

「やめなちゃい！　てぃやーーーー！」

ユリアが若い男性めがけて渾身のパンチを放つが、かなりの距離があるためか、ユリアの声だけが響き渡り何も起きないので、辺りが静まり返る。

ルウズビュード兵の目が点になっていたが、次の瞬間には若い男性が物凄い勢いで吹っ飛んで、近くの家の壁に思いっきり打ち付けられて倒れた。

驚いている皆をよそにドヤ顔でポーズをとるユリアと、そんな彼女の周りを嬉しそうに飛び回るコウであった。


吹っ飛んだ仲間を見て唖然とする三人がいた。

この世界に突然召喚された若者四人は、神に特別な力を与えられて、彼らを召喚した大国の庇護下で悠々自適な生活をしていた。そして、そんな環境は彼らを傲慢にした。自分達に意見する者や、反対派を神の名のもとに断罪してきた。

自分達に勝てる者などいないと思っていたが、まさかあんな小さな幼子に負けるとは誰が想像しただろうか。

「お前達は何者だ⁉　ここにいるということは魔族の仲間か⁉」

煌びやかな剣を構えながらユリア達を牽制《けんせい》する勇者、小鳥遊優弥《たかなしゆうや》。

「何でもいいけど、こいつら早く殺すよ！　マジでムカつく‼」

煌びやかな杖をこちらに向けて、今にも攻撃をしかけてきそうな魔法使い、山野藍《やまのあい》。

「……」

ただこちらを無表情で見ている少女、中澤《なかざわ》麻実。

三人の若者と、それに付き従う多数の兵士達が武器を向けて、ユリア達を囲む。

「お腹が空いていたので丁度良いですね」

チェビが自身の魔力を少しだけ解放すると、囲んでいた兵士が次々と腰を抜かし、ガタガタと震え出した。ガルムは何故かチェビと共に戦闘態勢を取るユリアを苦笑いしながら捕獲して、一緒に後ろに下がった。

ルウズビュード兵達も剣を構えて戦闘態勢に入る。先頭に立っているコーエンは先程の穏やかそうな雰囲気が嘘のように殺気立っていた。

「ユリア王女を全力でお護りするぞ!!」

「「「「おおおーーーー!!!」」」」

士気が上がった兵士達だが、その時。

「俺も仲間に入れてくれ」

見覚えのある銀髪の美青年が、こちらに向かって歩いてきた。その青年を見たユリアは大興奮で手を振る。

「あーー!　シロだーー!!」

手を振り返す銀髪の美青年シロの背後から勢い良く走ってきたのは、ユリアの両親であるオーウェンとアネモネだった。

こちらに向かってくる両親に気付いたユリアは、一瞬キョトンとした後に大粒の涙を流しながら駆け寄ろうとする。それに気が付いたガルムが、ユリアを優しく降ろしてあげる。

「とーしゃん!　かーしゃん!　うわぁーーん!!」

「ああ……ユリア!　無事で良かったわ!!」

ユリアを抱きしめながら、こちらも大粒の涙を流す母親のアネモネ。そんな我が子と妻を包み込んで、父親のオーウェンは静かに涙を流す。

アネモネは先程まで何も知らずに世界ギルド協会の事後処理のため、リントロス商業都市にいた。そこへ竜王クロノスが現れて、ユリアに起こった出来事を彼から聞いた彼女は、急いで王宮に戻ってきたのだった。

ユリアの行方が分からないままで、皆の焦りがピークに達した時だった。いきなりユリア達の気配を感じたのだ。

場所は北にある〝魔の森〟だった。

位置がはっきり分かったので、クロノスの転移魔法で急いで駆けつけて見た光景は、まさに地獄絵図だった。

傷つき苦しそうに倒れる人々や、所々から聞こえる悲鳴や子供の泣き声。皆、黒い角があり目を奪われる程綺麗な漆黒の翼が印象的だ。だが、そんな翼を毟《むし》り取られて血塗れで倒れている者が多数いた。

そしてユリア達を取り囲むように、三人の若者と大勢の兵士達がいた。

「酷いな」

オルトスはあまりに凄惨《せいさん》な光景に激しい怒りを覚える。今回は政務が忙しい国王オーランドを必死に説得して（最後は腹パンで黙らせた）、オルトスが代わりにやってきたのだった。

「おちび！　元気そうじゃねーか！」

静かに怒るオルトスの横で、魔力と殺気を垂れ流して激しく怒るのはチェスターだ。軽口を叩いているが、目に入れても痛くないくらい可愛がっている孫の現状を見て、怒りが収まらない。

「あーー！　じーじとあにちだーー!!」

二人に気付いて、涙と鼻水でぐちゃぐちゃの笑顔で手を振るユリアに、愛しさと嬉しさが込み上げる。

「あいつらは絶対に許さねぇからな！」

「お前と意見が合う日が来るとはな」

チェスターとオルトスは不敵な笑みを浮かべながら愛しい孫の元へ向かっていった。

その背後からは、仲間達が続々とユリアの元へやってくる。

「最近暴れてないからねぇ～」

「久々に暴れるよ!!」

「あやつらはやり過ぎじゃな」

桔梗やラーニャはもう戦闘態勢に入ってやる気満々だ。いつもはストッパーの役割でもあるクロじいも今回ばかりは怒り心頭だ。

「ユリア……良かった!!」

「あいつら許さないからな!!」

ゼノスとネオもユリアに駆け寄っていく。

『うわーーん！　ユリアが無事で良かった!!』

ピピはユリアの頭に乗ると、涙を流しながら再会を喜ぶ。

全体を見渡しながら状況を確認しているクロノスと、倒れている人を相変わらずの無表情で介抱するシリウス。

次々に現れる者達に驚き固まったままだった勇者三人だが、小鳥遊優弥が剣を構えて叫び出す。

「お前達は何者だ!?　まさかこの魔族共の仲間か!?」

「魔族が貴方達に何をしたっていうの！　こんな無差別に襲う理由があるの!?」

アネモネがユリアを背後に隠しながら小鳥遊優弥に問う。

「こいつらは魔族だ！　皆に災いをもたらす魔王の手下なんだよ!!」

「そうよ！　あの黒い角と翼を見たでしょ!?　化け物がのうのうと生きてるなんて許されないのよ!!　私達だってこいつらを倒さないと帰れないのよ！」

地団駄《じだんだ》を踏みながら喚《わめ》き散らす山野藍。

そんな若者二人の威を借りてユリア達に近付いていく兵士達だが、次の瞬間に何人かが吹っ飛び倒れた。

「馬鹿な蝿《はえ》共め」

「ちょいと遊ぼうかねぇ～？」

怒りに満ちたシロがちょっと指を動かしただけで兵士達が吹っ飛び、桔梗の〝魅惑の瞳〟の餌食《えじき》になった兵士は仲間を襲い始めた。


その間アネモネやユリアは、シリウスと共に怪我をした人を必死に助けていた。その中に、明らかに魔族ではない美しい女性が血塗れで倒れていた。ユリアは物怖じせずに血だらけの女性に近付き、例の呪文を唱え始めた。

「いちゃいのとんでけーー！」

すると、女性は淡く光り出して傷が消えていく。

「うぅ……あれ？　あれーー⁉　私生きてるわーー⁉」

勢い良く起き上がり、嬉しそうに小躍りする忙しい女性に、またしても目が点になるユリア。見た目は金髪碧眼《へきがん》の儚《はかな》げな美人だが、何故か残念な感じがする。アネモネは目が点になっているユリアを抱っこして、警戒しながら女性に声をかけた。

「大丈夫ですか？　貴女は魔族ではないみたいだけど何故ここにいるのかしら？　まさか……あいつらの仲間？」

「ああ！　助けて頂いてありがとうございます‼　私はナターシャ・タールシアンと申します！

タールシアン王国第二王女でしたが、訳あって命を狙われてこうして殺されかけました。ですが本当に助かりました!! 奇跡だわ！」

ペコリと頭を下げる女性につられて、ユリアもペコリと頭を下げ返す。今度はアネモネの目が点になった。

「貴女……北の大国タールシアンの王女なの？ 命を狙われたってどうして？」

「詳しく話す前にお願いがあります！ 夫を助けてください!! 皆を守って……うぅ……」

涙を流すナターシャが指差す先に倒れていたのは、美しい漆黒の鳥だった。


ユリアとアネモネが謎の王女と出会った頃、小鳥遊優弥とシロ、そして山野藍とルイーザが睨み合っていた。

「たあ！（許さないわよ！）」

皆が驚いて振り返る。特に父親のオルトスは驚き過ぎて固まっていた。しかもルイーザは何故かふよふよと浮いており、敵陣は味方以上に驚く。

「ごめんよ～！ ルイーザがユリアを心配するあまり魔力が暴走しちゃってさぁ！ 止めたのは良いけど今度は急に消えちゃうしー！」

そこに気配なく現れた魔神マーリンがざっくりと説明するが、皆の理解が追いつかない。

「ルイーザ！　ここは危険だ！　今すぐに戻りなさい!!」

オルトスはひとまず、ふよふよと浮いているルイーザを抱っこしようとするが、ちょこまかと逃げ回る。

「ルイーザ！　いい加減にしなさい!!」

「たあ!!　あうぅーー!!」

怒るオルトスにルイーザは必死に訴える。

「ルイーザは、自分を助けてくれたユリアを今度は自分が助けたいって言ってるよ」

長い間、薄暗い部屋に監禁《かんきん》されて魔力を奪われ続けたルイーザ。

もっと早くに助かったとしても、ルウズビュード国の悪習に従い、王女である彼女は殺される運命にあったかもしれない。

だが、ユリアのお陰で生き地獄のような監禁から解放されて、大好きな両親とも再会出来た。そしてルウズビュード国の忌々しい悪習も廃止されて、命の恩人である大好きなユリアと共に王女として正式に認められたのだ。

それからは充実した日々を過ごしていたが、いきなりユリアの気配が消えたのだ。悲しくて不安になり、気が付いたら部屋中を破壊していた。魔神マーリンが駆けつけたので怪我人は出さずに済んだ。

暫くしてユリアの気配が急に戻ったので、居ても立っても居られなかったルイーザは魔力を使いこの森までやってきたのだった。

マーリンは心配するフローリアを落ち着かせ、気配を追ってこの森まで来たという。

詳しい事情を聞いたオルトスは、黙ったまま娘を見つめる。

「僕が側にいるから絶対に傷付けさせないし、うーん……多分勝つと思うよ」

「たあ！（当たり前よ！）」

やる気に満ちたルイーザを見て溜め息を吐き、そしてオルトスは説得を諦めた。

「ちょっと！　私がこの赤ちゃんに負けるって言うの⁉　マジでムカつく‼」

赤ん坊のルイーザに鼻で笑われて怒り心頭の山野藍は、持っていた杖をルイーザに向けた。

「たあーー‼（いくわよーー‼）」

「【ファイヤーボム！】」

山野藍は躊躇《ちゅうちょ》なく赤ん坊のルイーザに向かって魔法を放った。オルトスは急いで我が子を庇おうと前に立とうとするが、ルイーザは向かってくる巨大な火の球を軽やかに避ける。

火の玉はルイーザの背後にいたチェスターに直撃しそうになり、驚きつつもチェスターは瞬時に防御魔法を使い防いだ。

「おい！　殺す気か⁉　お前わざとだな⁉」

赤ん坊に猛抗議するチェスターを周りはジト目で見て、オルトスはそんな親友に鉄拳を喰らわす。

山野藍は余裕なルイーザを見て地団駄を踏みながら、更に【ファイヤーボム】を連発するが、ルイーザは自身の小柄な体を駆使して、それを見事に避け続ける。避けた魔法は敵兵士達に上手く直撃して、敵陣は自滅していく。

そんな戦略的なルイーザの戦いを見て、つい拍手してしまうルウズビュード国の兵士達。父親のオルトスも我が子の活躍に開いた口が塞がらなかった。

小鳥遊優弥に止められても、それを無視して暴走していた山野藍は、いつの間にか魔力切れを起こしていた。それを待っていたルイーザは不敵な笑みを浮かべる。

「たあ！（反撃よ！）」

ルイーザは精神を集中させて、ちんまりした右手を山野藍に向けて思いっきり突き出した。

「たあああーーー！！！（ユリアパンチーーー！！！）」

すると山野藍がもの凄い勢いで吹っ飛び民家の壁にめり込んだ。

実はルイーザは、大好きなユリアの得意技を習得するため、こっそり一生懸命に練習していたのだ。実戦は初めてだったが成功した嬉しさでキャッキャと喜ぶ。皆はその様子を唖然と見つめるしかなかった。

ルイーザは驚く周りを気にすることなく、ユリアの気配がする森の奥に向かい急いで飛んでいった。

「ルイーザは僕が面倒見るからさっさと終わらせてね〜！」

呑気にそう言うと、マーリンはルイーザの後を追う。

ユリアは血塗れで倒れている漆黒の鳥に急いで駆け寄る。

「とりしゃん！　いちゃいのとんでけーー！」

淡く光り、傷が癒えて安定した呼吸に戻った漆黒の鳥を、優しく抱きかかえて涙するナターシャ。

「幼い天使様ありがとうございます！」

「ユリアでしゅよ！　とりしゃんよかったでしゅね！」

そして、嬉しそうなユリアの横で漆黒の鳥が目を覚ました。

第7話　その頃、ルウズビュード国では

ユリアの気配が北の森に現れ、ルイーザとマーリンが向かった後。

フローリアは我が子や皆の無事を祈りつつも、ルウズビュード国を守るためにオーランドと共に

残った。自分の意思で残ったフローリアと違い、無理矢理に残されたオーランドは今にもユリアの元に行きそうで、フローリアやケイシーに説得されていた。

「ユリアが危険かもしれない!! そこをどいてくれ!!」

「いいえ! 私だって妹が心配ですが、父上や母上、それにあの最強の魔物達が向かいましたから大丈夫でしょう。ですがこの国は誰が守るんですか!?」

ケイシーの言葉は間違っていないし、ユリアの元へ向かったメンバーを考えると敵の方が心配になるくらいだ。だがそれでも愛しい妹が心配でならないのだ。この国の王としては失格だろう。

そんな二人の孫を宥めていたフローリアだが、ルウズビュード国の南東にある小さな村、ダダンの付近で禍々《まがまが》しい気配を感じ取る。オーランドとケイシーも感じたが、声に出す前に優秀なルウズビュード兵が急ぎ執務室にやってくる。

「敵襲か?」と、冷静になり国王の顔に戻るオーランド。

「はい。魔物を引き連れた兵が南東から向かってきます! 今はダダン村付近に近付いています!」

「ダダン村か。今すぐに向かっても一時間はかかりますね」

ケイシーの言葉に何故か焦りはない。それはオーランドやフローリア、報告に来た兵士も同じだ。

「飛竜《ワイバーン》で向かう。すぐに着くだろうが……まぁ大丈夫だろう」

そう言って不敵な笑みを浮かべるオーランドは、ダダン村がある南東を見つめた。

「じーちゃん！　村に魔物の群れが近付いてくるよ！」

興奮気味の五、六歳の男の子が、畑にいる屈強な老人に向かって叫んでいる。その声で続々と村人がダダン村の入口に集まってきた。

「マルよ、落ち着くんじゃ！　皆の者！　戦闘準備じゃ～！　今夜の夕食は豪勢《ごうせい》じゃよ！」

屈強な老人の宣言に歓声を上げる村人は、各々準備を始める。そんな老人の元へよちよちとやってきたのは、まだ三歳にも満たないだろう幼子だ。

「じったん、シイも～」

「シイカも戦うか⁉　アハハ！　流石は我が孫だ‼」

この村では驚くことに、老人もそうだが、子供達も戦う準備をしている。数分前まで何処にでもいるごく普通の村人だったが、今は煌びやかで強固そうな装備を身につけて、各々の使い慣れた武器を持っている。大剣を軽々と持つ者や、弓を持ち狙いを定める者、そして杖を持ち精神を集中させる者と様々だ。

そんな村人達の先頭には子供達や老人達がいた。皆が強制ではなく、自ら前線に立っているのだ。

その中心には先程の屈強な老人の姿がある。

「よし見えてきたぞ！　オーガにオークもいやがるな！　まずはシイカ、魔法を撃ってみるか？」

「あい‼」

信じられないことに、まだ幼いシイカを入口に立たせる。

それから間もなく魔物の群れと、何処かの国の数千人の兵士達が現れた。魔物はオークとオーガを中心とした群れで、ふらふらと歩いている。

先頭にいた数人の兵士が、シイカの姿を遠くから認めて半笑いになった。

「おいおい！　子供がいるぞ！」

「こんな村なんかすぐに落とせるぞ！　だが……金目の物は期待出来ねぇな！」

「女はいるか⁉　せめて女だけでも……あとは皆殺しでいいだろ！　まずはあのガキからだ！　ギャハハ！」

兵士はそう言って、首輪をつけたオークやオーガに何やら指示を出した。

すると魔物達は物凄い勢いでシイカに向かっていく。周りの兵士達はそれをニヤニヤと、底意地の悪い笑みを浮かべて見ている。

「外道《げどう》めが！　シイカ‼　遠慮するな！　全力で行くんじゃーー‼」

「えいえいおーーー！」

横に立った屈強な老人の叫びに全力で応えたシイカの手から、小さな炎が出現した。その炎をオーガやオークに向けて放つ。

炎はふよふよと漂いながらゆっくり敵陣に向かっていく。そんな幼子の攻撃を見て、腹を抱えて笑っていた兵士達だが、次の瞬間には炎が拳大から一気に巨大化して、ドラゴンのような姿になり魔物達を襲い蹂躙し始めた。

オーガやオークをはじめ、先頭にいた魔物は一瞬で灰になり跡形もなく消えた。あまりに現実味のない光景に、兵士達はただ立ち尽くすしかない。

「おお!!　シイカも中々やるな！」

最初に魔物の襲来を伝えた少年、マルが妹であるシイカを褒める。

「えっへん!!」

「じゃあ今度は俺がやるぞ!!」

そう言った次の瞬間にはもうマルは消えていた。

唖然とする兵士達の目の前まで一瞬でやってきたマルは、大人でも持ち上げるのが大変そうな大剣を軽々と振り上げた。

【ドラゴンブレス】

しかし、マルが攻撃する前に、頭上から飛んできた飛竜《ワイバーン》の炎で、兵士の大半が焼け焦《こ》げ倒れた。

「あーー！　陛下だ!!」

獲物を取られたのにマルは嬉しそうで、飛竜《ワイバーン》に乗るオーランドに手を振る。オーランドの後ろには数十頭の飛竜《ワイバーン》が群れをなしていて、ルウズビュード兵を背に多く乗せていた。

「マルか。あまりその大剣を振り回すな。こいつらには聞きたいことがあるんだぞ、壊滅させるな」

「はいよ～！」

マルはそう言いつつ、残った兵士の中に突っ込んでいく。

オーランドは飛竜《ワイバーン》の群れを、少し離れた開けた場所に降下させると、ルウズビュード兵と共にダン村に向かった。

オーランド達が着いた時には戦いは終わっており、生き残った数人の敵兵が子供のマルによって縛られていた。この数千の兵士と魔物は、たった二人の幼い子供によって制圧されたのだった。

「おお！　小僧じゃねーか!!　久しいのぅ！」

「痛い……相変わらず元気な爺さんだな」

ルウズビュード国国王であるオーランドを小僧呼ばわりして、親しげに肩を叩く屈強な老人。周りはそんな老人を誰も止めることなく苦笑いして見ている。オーランドの後ろに控えていたルウズビュードの兵士達は、この人物に目が釘付けだ。

「陛下～！　こいつらどうするんだ～？」

マルはそう言って、縛り上げた数人の敵兵を軽々と引っ張ってきた。

「ああ、ご苦労。こいつらには色々と聞きたいことがあるからな」

敵兵を睨み付けて威圧する姿から感じられるのは、王の風格そのものだ。

「王らしくなったのぅ！」

「サンドス……少し黙っていてくれ。ああ、ここにいるルウズビュード兵達を鍛えてくれ」

サンドスと呼ばれた屈強な老人は、オーランドからの頼みを嬉々として受け入れて、兵士達を村の奥に連れていった。兵士達は何やら嬉しそうである。それもそのはずで、サンドスは軍部でも名の知られた英雄なのだ。

兵士達にこれから降りかかるであろう試練を考えたら少し不憫に思うが、手持無沙汰にさせるのも勿体《もったい》ないので仕方がない。そんなサンドスをマルも追いかけていった。鍛えるという言葉に反応したのだ。流石はサンドスに育てられた子だ。

「さて、お前達は何者だ？　何故ルウズビュード国を狙った？」

「答えたら見逃してくれますか!?」

敵兵の答えに、自国への忠誠心はないのかと呆れてしまうオーランド。

「それは無理だな。ここで死ぬか投獄されるか、二つに一つだ。ちなみに、ここで死ぬというのは飛竜《ワイバーン》の餌《えさ》になるってことだが……」

「ヒィ!!　私達はタールシアン王国の者です！　国王陛下の命によりルウズビュード国に侵攻致し

ました！」

タールシアンは北にある大国だと聞いたことがあるくらいで、一切関わりがない国だ。ルウズビュード国は少し前まで他国と一切関わらない閉鎖的な国だったので情報も乏《とぼ》しい。

「タールシアン王国が何故我が国に侵攻するんだ？」

「我が国タールシアンには勇者信仰と神の子信仰があるんです！　ですがとある人物から、ルウズビュード国に神の子がいるという話を聞いた国王が激怒しまして、偽の神の子を捕らえろという命令を受けました」

兵士の話を聞いてオーランドは顔色が変わる。狙いは愛しい妹ユリアだったのだ。

「神の子だと？　馬鹿らしい!!　そんな情報を何処で聞いたんだ!!」

オーランドの怒気に震え上がる敵兵達。

「我が国の暗部の情報と聞いています！　我がタールシアン王国の王族には代々神の子が生まれます。特に今代《こんだい》の神の子である第一王女カリーニャ様は凄まじい力を持つ御方で、タールシアン王国以外の近隣諸国にも信仰されているんです。なのに、他国でもう一人の神の子が現れたら、タールシアン王国の立場が危うくなると思った国王がこのような暴挙《ぼうきょ》に……我々は命令されただけなのです!!」

「……確かにお前達は命令されただけなのかもしれないが、ルウズビュード国にはそんなことは関係がない。タールシアン王国は我が国に侵攻した時点で敵だ。タールシアンが大国だろうと神の子がいようと関係ない。ルウズビュード国を敵に回したことを後悔せよ！」

オーランドの周りで成り行きを見守っていた村人達も、厳しい顔でタールシアン兵を見ている。

そこへシイカがよちよちとやってきた。

「るーじゅびゅーどはちゅよい!!」

「ああ、そうだな。お前が強過ぎるのもあるぞ？」

そう言ってシイカの頭を優しく撫でるオーランド。

「えへへ〜！　シイちゅよい!!」

嬉しそうにドヤ顔するシイカに愛しのユリアを重ねたオーランドは、改めてタールシアン王国に怒りが込み上げてくるのだった。

　それからルウズビュード兵を呼びに行ったオーランドだが、皆が屍《しかばね》のように倒れている状況を見てそっと合掌《がっしょう》した。そんな瀕死な兵士達の横でピンピンしているサンドスとマルはもはや化け物だ。

「サンドス、この敵兵はここで預かっていてくれ。俺は予定を変更して、急ぎ王都に帰って戦の準備をする」

今から戦後処理のための会議に出席する予定だったが、弟のケイシーに任せて自分はタールシアン王国に報復する気満々だった。

「何を言っとるんじゃ!!　ここまで付き合ったんじゃ、わしも行くぞ!!」

「……は？」

「いや、わしも行くぞ！」

「いやいや、あんたが行ったらタールシアンどころか世界が滅びるぞ!!」

オーランドは行く気満々のサンドスを宥める。

「俺も行く～!!」

「マル、お前はまだ子供だろ！　ダメに決まってる！」

「シイも!!」

「お前はもっと子供だぞ!?」

サンドスの横に並び敬礼しながらとんでもないことを言うマルとシイカに、呆れ果てるオーランド。

「わしだってもう引退したが愛国心は誰よりもあるつもりじゃ！　〝あの件〟も良いように解決したんじゃ……こんな嬉しいことはない！　王女達にも会ってみたいから何と言われようとも行くぞ！」

「右に同じ!!」とマルが叫ぶ。

「シイも!!」とシイカが叫ぶ。

人の言うことを聞かないサンドスと幼子達は各々準備を始めるが、サンドスは剣、マルは大剣を背負い、シイカは小さな可愛らしい杖を持っただけで終わった。彼らが準備をしているうちに国へ戻ろうとしていたオーランドは、もう諦めるしかなかった。

サンドスは名だたる歴代軍部トップの中でも伝説として語り継がれている英雄であったが、王族と揉《も》めて、その名誉職をあっさり捨てて消えた人物であった。そしてこの村はサンドスと共に辞めていった大物達が暮らしていた。この村からは優秀な兵士が誕生することで有名だ。

そんな訳でサンドスとマル、シイカを連れてルウズビュード国王宮に戻ることになった。

サンドスは飛竜《ワイバーン》を一頭見繕《みつくろ》うと、シイカを抱っこして軽々と飛び乗る。マルも恐れることなくその後ろに飛び乗った。

「シイカ！　しっかりわしに掴まるんじゃぞ!!」

「あい!!」

「すごい！　俺、飛竜《ワイバーン》に乗ってるぞ！」

嬉しそうなマルを見て満足そうなサンドス。シイカも嬉しそうにキャッキャとはしゃいでいる。

「元気な爺さんだ……」

国王であるオーランドを置いてさっさと先に飛び立ってしまった三人であった。

「おい！　あれは英雄サンドス様じゃないか!!」

「俺……初めて見た……」

王宮はいきなり現れた屈強な老人を見て大騒ぎだ。村人の格好のサンドスに深々と頭を下げる王宮の者達、そして尊敬の眼差しで敬礼するルウズビュードの兵士達。

そんな周りを気にすることなくサンドスはシイカを降ろしてマルに託すと、とある人物を探していた。

すると奥から、会いたかった人物がこちらに向かってくるのが見えて自然と笑顔になる。

「お……お父様!?」

やってきたのはフローリアで、彼女は意外な人物の登場に驚いて固まってしまう。

愛しい娘を見たサンドスは、目に大粒の涙を浮かべてその場でいきなり土下座した。周りは急いで止めようとしたが、国王であるオーランドがそれを制止する。

「フローリア!!　わしは……一番苦しかったお前を置いて国を出た大馬鹿者だ!!　ずっと……お前に会いたかった……うぅ……本当にすまんかった!!」

大泣きしているサンドスを見て驚いたマルは背中を優しく摩り、シイカは一緒に泣き出してしまった。

「お父様やめて！　とにかく中に入ってください。それから話しましょう？」

フローリアに支えられて起き上がった屈強な老人は、マルとシイカを抱きしめると、オーランドやフローリアの後を静かについていった。

応接室に入った瞬間、オーランドやケイシーが止める暇もなく、フローリアがサンドスを思いっきり殴りつけた。物凄い音で床にめり込んだサンドスは動かない。

「……爺さん、死んだか？」

「……」

曾祖父《そうそふ》を全く心配している気配のないオーランドの呟きに、ケイシーは頭を抱えるが、兄弟揃って傍観を貫く。

「おーー！　凄い!!」と目をキラキラさせているマル。

「シイもやる～！」と言ってフローリアの真似をするシイカ。

サンドスが泣いていた時はあんなに心配していた二人だったが、今は何故か嬉しそうだ。

「……我が娘ながら……凄まじい攻撃じゃ!!」

あんなに床にめり込んだのに傷一つないサンドスを見て、フローリアは溜め息を吐く。

「相変わらずの化け物ね……お父様がこの国を出たのは仕方がなかったと思います。自分の孫であるルイーザのことで、悪習に反発して全てを捨てて抗議したのよ……でも変わらなかった」

あの頃の絶望感を思い出したフローリアは、今の幸せがどれ程の奇跡かを改めて感じた。

「お前を支えてあげなきゃいけなかった！　なのにわしは自分を守った……全てを捨てて……本当は無理矢理でもお前を連れていくべきじゃった……」

「いいえ、昔は確かに辛かったわ……でも真実が分かってオルトスと……そしてルイーザと幸せに暮らしているわ！　それもこれもあの子のお陰だわ！」

そう話すフローリアを見たオーランドやケイシーも、嬉しそうに頷く。

「ああ、わしの曾孫《ひまご》かぁ!!　ユリアじゃったな!!　……こんなわしが言うのもおこがましいが、ルイーザとユリアに会わせてくれんか？」

「ええ、会わせたいんだけど……今いないのよ……」

目に涙を浮かべるフローリアを見て、サンドスは何かしらの問題が起きていることを察した。

「何かあったんじゃな？　あの侵攻してきた兵士も関わっているんじゃな!?」

勘が良いサンドスに、ケイシーがユリアやルイーザに起こったことを説明する。

「ケイシー……お前も立派になったのぅ！」

「お爺様も……異様に元気ですね……」

オーランドやケイシーは、実はサンドスと何回か会っているのだ。オーウェンが国王時代にダダン村に連れていっていたので、よく訓練をさせられていた。

「よし！　事情は分かった!!　わしも曾孫を助けに行くぞ!!」

「言うと思ったわ……。でも今はお父様の力も貸して欲しいわ！」

フローリアはサンドスにお願いするが、オーランドとケイシーは猛反対だ。

「いやいや！　この爺さんが行ったら森がなくなる!!」

「ユリアやルイーザ伯母上が巻き込まれそうで心配ですね」

「わしも昔とは違うんじゃ！　今はマルやシイカもおるんじゃ、少しは手加減するわい！」

そう言って、横に座りいつの間にかお菓子をバカ食いしているマルとシイカの頭を撫でるが、痛いとブーイングを受けて落ち込む。

「……ねぇ、お父様。この子達は……？」

フローリアの疑問は皆の疑問だった。

久しぶりに会ったサンドスに幼過ぎる孫達が出来ていたが、サンドスの子はフローリアだけで、妻を亡くしてから再婚したとも聞いていない。オーランドとケイシーは事情を知っていたが、フローリアにはあえて話していなかった。

「ああ！　マルとシイカだ！　森で拾った!!　お前達、挨拶しろ！」

「マルです！　多分六歳です！」と元気なマル。

「シイは～シイカ！　……なんちゃい？」と首を傾げてサンドスに尋ねるシイカ。

「シイカは……拾ったのが赤子の時だったから多分二歳くらいじゃな!!」

「にちゃい!!」とドヤ顔のシイカ。

大雑把なサンドスに、一斉に皆から非難の目が向けられた。

†

サンドスは南東の辺鄙《へんぴ》な地にダダン村を作り、ひっそりと暮らしていた。

愛する妻には先立たれ、愛する娘とは孫の死を受け入れられなかったことで関係が悪化してしまった。

サンドスは周りには気丈に振る舞ってはいたが、孤独と悲しみでどうにかなりそうだった。当時はルイーザがあの悪習で死んだと思われていた。せっかく出来た孫を王女だからという理由で殺された恨みはそう簡単に消えず、全てを捨ててきたが、フローリアを心配しない日はなかった。

その後暫くして、男の子であるオーウェンが生まれたことを聞いて心から嬉しい反面、余計にルイーザの死を許せなくなりもした。

サンドスは結局、オーウェンに自ら会いに行こうとはしなかった。だが、そんなどうしようもない頑固な祖父に、オーウェンは王子時代に自ら会いに来てくれた。その後も妻となるアネモネや、生まれた曾孫オーランドやケイシーにも会わせてくれ、二人の交流は続いていた。

だが、悲劇は繰り返されるのか、オーウェンとアネモネに王女が誕生した。今度は殺される前に助けようとしたサンドスだが、二人は身分や何もかもを捨てて王女を守るという決断をした。

当時、ユリアが生きていることを知っていた者は一握りで、フローリアでさえ知らなかった。サンドスには、オーウェンが国を発《た》つ間際に他言無用という約束でこっそり教えたのだ。激情家であるサンドスが、先走って反乱などを起こさないようにと気遣ったのである。

それを聞いたサンドスは大粒の涙を流しながら、オーウェンやアネモネの決意に心から感謝した。

そして、それからすぐのことだった。

いつものように森へ狩りに出かけたサンドスは、神聖な大木〝神々の域〟に寄りかかって眠っていた幼い男の子と赤ん坊を見つけた。

この大木には魔物は近付けない程の強力な神気が漂っている。神聖な場所なだけあってここは森の最深部であり、人間がここまで入れる訳もない。ましてやこんな幼い子供がいる訳がないのだが、深く考えるのが苦手な脳筋であるサンドスは、やはり深く考えることなく二人を拾い育てることにした。

そんな話を聞いたフローリアは、目の前でお菓子をバカ食いするマルとシイカを見ていた。あんな森の最深部に行ける者は限られている。父であるサンドスはその限られた者だが、こんな幼い子供達がどうやってあの神聖な大木までやってきたのだろう。

「ねぇ、マル君？　貴方は森にいた時のこと覚えている？」

フローリアがマルに問いかける。

「うん！　覚えてるよ!!」

「「え!?」」

「何じゃとーーー!!」

マルのあっけらかんとした返事に驚く大人達。

「おい、マルよ！　何で何も言わなかったんじゃ!!」

「だって聞かれなかったし！」

「……。確かにわし、何も聞かんかったな!!　ガハハハ！」

そう言って大笑いする脳筋サンドスに、また娘フローリアの鉄拳がお見舞いされた。

「マル、お前は人間なのか？　考えてみれば魔力は計り知れないし、年齢からしてもその強さは異常だ」

オーランドは、マルやシイカの強さをずっと疑問に思っていた。竜人族は子供の頃から凄まじい魔力と体力を秘めているが、マルやシイカは竜人族ではなく人族だ。あの強さは絶対にあり得ないのだ。

「俺は人間じゃないよ！　女神様が言うには……精霊？　っていうらしいよ！」

「そうにゃによ⁉」

何故か驚くシイカ。だいぶサンドスに似てしまったこの幼子を見て不安になるフローリアだが、それ以上にマルの衝撃的な発言に驚いていた。オーランドやケイシーも流石に驚く。

「んん⁉　精霊とは何じゃ？」

「ん～……分かんないけど、俺は風の精霊なんだって‼」

室内は異様に静まり返っていた。聞こえるのはシイカのクッキーを食べている咀嚼音《そしゃくおん》だけだ。

「……マルが風の精霊ならば……ではシイカも？」

「うん！　シイカは炎の精霊だよ！」

マルの元気の良い答えに頭を抱えるケイシー。

「そうにゃによ⁉」とまたしても驚くシイカ。

「妖精に精霊……伝説とされてきたのに……一体世の中はどうなっているんだ⁉」

そう叫ぶオーランドだが、思い当たるのは愛しい妹だった。

「……マル……いや、マル様」

「何だよ！　オーランド様、普通に呼んでくれよ!!」

「ああ、そう言ってくれて助かるよ。マルやシイカが現れたのはユリアと関係しているのか？」

「うん！　エアリアル様もサラマンダー様もユリアを守れって言ってた!!」

「エアリアル様とサラマンダー様って……」と顔面蒼白になっていくフローリア。

「ええ、風の精霊王と炎の精霊王だと思います。文献で読んだことがあります」と胃を摩るケイシー。

ずっと接してきた幼子達がまさか精霊だとは思っていなかったので、オーランドは唖然としている。

「でも俺もシイカもじーちゃんといるのが楽しくて……ユリアの近くにはコウもいるし大丈夫かなって……」

そう言って抱きつくマルとシイカをサンドスは優しく抱き返すが、あまりに力が強いため息苦しくなってしまい、フローリアは二人を急いで救出する。

「はぁ、私も同じことをやられて何度も死にかけたわ！　お父様！　もう少し力を加減して！　精霊を窒息死させるつもり⁉」

フローリアに怒られているサンドスを無視して、オーランドとケイシーは話し合いをしていた。

「各国との話し合いには代わりに私が行きます。兄上はサンドスお爺様と精霊……マルとシイカと共にタールシアン王国に行くんですよね？　今回の件は、流石にやり過ぎです。ルウズビュード国に、大事な妹に攻撃を仕掛けたんです。それ相応の報いは受けてもらいます」

いつも冷静なケイシーの静かな怒りに、オーランドも頷く。

「オーランド、お父様とこの子達を頼むわね」

フローリアは何かやらかしそうな三人を心配するが、決して止めようとはしない。

オーランドはすぐに準備をして数十人の兵士とサンドス、そしてマルとシイカを連れて飛竜《ワイバーン》に乗り、北のタールシアン王国に向けて出発したのだった。

第8話　魔族の長と〝神の愛し子〟

漆黒の鳥は神秘的な紅い瞳で、目の前の幼子をじっと見つめている。

「とりしゃん！　だいじょぶでしゅかー？」

こんな荒《すさ》んだ状況にもかかわらず、健気にも笑顔を振り撒く幼子に、彼は興味を持った。

もう死ぬんだと諦めていた。長く生きてきて迫害されるのにも慣れていたが、まさかこの集落が見つかり攻撃されるとは思っていなかった。仲間達や愛するナターシャを守れなかったことを悔やみながら息絶えようとしていたのに、目を覚ましたらそのナターシャの腕の中にいた。

「私は死んだはずでは？」

「いいえ！　この天使様が怪我を治してくださいました！」

涙ながらにそう告げるナターシャに、横で幼子が「ユリアでしゅ！」と言っている。

「そうか……良かった。ユリア、ありがとうございます」

「とりしゃん！　なんでユリアのなまえちってるにょ⁉」と、自分で教えた癖に驚くユリア。そんな彼女を見て妖精コウは爆笑する。

それから鳥は、ふと違和感に気付いた。

「ユリアは、私が話していても驚かないのか？」

「にゃんで？　とりしゃんとはおはなししましゅよ！　ピピはなかよしでしゅ！」

そう言ってユリアが指差した方には、巨大な燃え盛る真紅の鳥がいて、漆黒の鳥は唖然としてしまう。ナターシャもその神々しい姿に感動していた。

「あれは……聖鳥フェニックス⁉」

「ちがいましゅよ！　ピピでしゅ！」

プンスカ怒るユリアを見て、後ろから見守っていたアネモネは苦笑いする。

「貴方は一体何者なんですか？」

アネモネは膨大な魔力を宿した漆黒の鳥に問う。

すると鳥は光り出して、次の瞬間には青年の姿になっていた。漆黒の美しい長髪に、ルビーのような紅い瞳が印象的な美青年だが、頭には黒い角があり、背中には一際大きい漆黒の翼が生えていた。

「私は魔族の長であるルーシアスと言います。この度は我々を助けて頂き感謝します」

そう言ってルーシアスがナターシャと共に頭を下げる。

「キャーー！　きれいなはねでしゅ！」

漆黒の翼を見て喜ぶユリアに、ルーシアスは驚く。

「ユリアよ、この翼が怖くないのですか？」

この姿を見て人間の子供は泣き、大人は嫌悪を向けた。魔族はその姿から魔に堕ちた者と蔑まれ迫害されてきた。元々穏やかな種族のため、彼らは逃げながら隠れるようにして暮らしていた。

「にゃんでー？　こわくにゃいよ？」

「そうか……怖くないか……そうか……」

自然と涙が流れる。そんなルーシアスの背中を摩りながらも、横で同じく涙を流すナターシャ。

急に二人が泣き出したのでびっくりしているユリアをアネモネが宥めていると、聞き覚えのある声が聞こえてきた。

「たぁーー！（ユリアーー！）」

何故かふよふよと浮いているルイーザが、嬉しそうに手を振りながらこちらにやってきた。

「あーー！　りゅいーじゃちゃんだー！」

ユリアもルイーザに近付いていく。ルイーザの後ろから魔神マーリンとジェスが歩いてきた。

「マーリー！　じぇちゅ！」

ルイーザと抱き合いながら、二人にも手を振るユリア。

「おー！　元気そうだな！」

「こっちは心配だったんだぞ！」

皆がユリアを囲んで再会を喜ぶ横で、アネモネがルーシアスとナターシャに事情を聞いていた。

「一体何があったの？」

「私が悪いんです……ルーシアスを追いかけて国を出たので父上が怒り、このような暴挙に出ました」

北の大国タールシアンは魔族を悪の化身としていて、長年迫害してきた。近年では魔族の姿も見なくなり平和に暮らしてきたのだが、第二王女であるナターシャが、魔族の長であるルーシアスと恋に落ちた。それはまさに茨《いばら》の道だった。

タールシアン王国国王であるナターシャの父親は、王族が魔族に嫁《とつ》ぐなど決して許されることではないと激怒し、娘であるナターシャと魔族の全てを亡き者にしようとして、このように兵を送り込んだのだった。

「酷いわね……実の娘を殺そうとするなんて……」

アネモネはルウズビュード国の悪習を思い出して怒りが込み上げた。我が子を国のために犠牲にするなどあってはならないことだ。

「私が不甲斐ないばかりに仲間達まで傷つけてしまった……」

「違うわ！　私が勝手に貴方を追いかけたから……でもそれ程貴方を愛しているの！」

落ち込むルーシアスをナターシャが励ます。

「ナターシャ……私も貴女を愛しています。長く生きてきてこんな気持ちは初めてです」

頬を赤らめて見つめ合うルーシアスとナターシャ……をじっと見つめるユリアと、いつの間にか傍に立っていたシリウス。

「たぁあ！（ユリアにはまだ早いわよ！）」とユリアの前に立ち塞がる赤子ルイーザ。

「お前はもっと早いだろ……」と呆れながらも笑うマーリン。

「おい、子供がいるんだ。それ以上はやめてくれよ」

「そうね、ユリアにはかなり早いわ」

ジェスとアネモネが二人を軽く窘《たしな》める。

「すみません！　まさかまたこうして生きて会えるなんて思っていませんでしたので……」

「そうですね。また君とこうして会えるなんて神の奇跡です」

「ルーシアス……」

「ナターシャ……」

再び見つめ合うルーシアスとナターシャ。ユリアがまた首を傾げたまま興味深く見ている。シリウスも無表情で見ていた。

「たあぁ！（ユリアのお陰でしょ！）」とプンスカ怒る赤子ルイーザ。

「こいつら……大丈夫かー？」

それまでユリアの服のポケットに入っていた妖精コウが、面白そうな二人に興味を示した。

「何故かしら……イラっとするわ」

「ああ、俺もだ」

頬を赤らめて見つめ合ったままのルーシアスとナターシャを見て、そう呟くアネモネとジェスであった。

†

「ええい！　報告はまだか⁉　何のためにあれだけの兵を出陣させたと思っているのだ‼」

壮年の男性が広く豪華な部屋の中心に座り、怒りの声を上げている。タールシアン国王であるミザードレスだ。

「は……はい、それが未だに何の報告もなく、密偵達とも連絡が取れないのです！」

ミザードレスの機嫌を窺いつつも、宰相は正直に報告する。

「魔族など何の力もない連中だ！　なのに密偵すら連絡が取れないだと⁉　あの国に攻め入った兵はどうした‼」

「そちらとも連絡が途絶えております！　直《ただ》ちに追加で兵を……」

宰相がタジタジになりながらも報告していた時だった。

「わたくしが行きますわ！」

軍服に身を包んだ美しい女性が立ち上がり、ミザードレスに告げる。

「カリーニャよ、お前はこの国の宝だ！　神の子であるお前に何かあったらこの国は終わる！」

「いいえ、父上。わたくしは決して負けませんわ！　戦神の加護を持つわたくしに勝てる者などいませんもの‼」

そう高らかに宣言する女性は不敵な笑みを浮かべていた。

†

森ではまだまだ戦いが続いていた。

数多の敵兵を次々と倒していくチェスターとオルトスの祖父コンビ。ラーニャと桔梗は倒れている魔族を治癒して避難させている。ネオは幼い魔族の子達を守って戦っていた。

クロノスとゼノスの竜親子は、破壊力が凄まじいために待機させられていた。クロじいはシロと共に四人の若者の中の一人、小鳥遊優弥を相手にしていた。

「お前達は見た目が違うから魔族を襲ったのか？　何が勇者だ、聞いて呆れるな」

シロは優弥を睨み付ける。話に聞いていた勇者がここまで堕ちた者だとはと呆れ、蔑んでいた。

「そうじゃのう。勝手に召喚されたお主らにも同情はするが、これはやり過ぎじゃな」

クロじいも周りの悲惨な現状を見て怒り心頭だった。

「俺は人間が魔族に虐げられていると聞いて……！」

「それは誰に聞いた？　タールシアン王国の者か？　それでどうだった？　魔族はお前達に危害を加えたか？」

シロの言葉に何も言えずに黙ってしまう優弥。その横でもう一人の若者、中澤麻実がじっとこちらを見ている。

「お主の力は特殊じゃな？　それは誰に授かったのじゃ？」

「教えない」

クロじいの問いかけに無表情のまま答える麻実に、何か不気味なものを感じる。

「何言ってるんだ！　麻実は聖騎士《せいきし》としての力を神から授かったんだ!!　俺は勇者で健斗《けんと》は英雄、藍は賢者《けんじゃ》だ!!」

「お前達には似合わない称号だな。周りを見てみろ！　この状況を見たらどちらが魔王の手下なのか疑問に思うぞ！」

シロの凄まじい迫力に優弥は後退りしてしまう。

「貴方達は彼《あ》の方《かた》の敵。彼の方を邪魔する者は許さない」

そう言ってシロ達に向けて手を翳《かざ》す麻実。すると黒く大きな渦《うず》が出てきて、物凄い力でシロとクロじいを吸い込もうとする。

「あれだ！　おい、シロ！　気を付けろ!!」

戦っていたガルムとチェビ、そしてルウズビュード兵達は、自分達が吸い込まれた黒い渦を思い出して、二人に忠告する。

一方で、ルーシアスとナターシャのイチャイチャぶりを見せつけられていたユリア達も異変に気付いた。

「シロがいなくなっちゃう!!」

ユリアは駆け足でシロとクロじいの元へ行こうとした。

「全くとんでもない魔法を授けたのう～」

「俺達の出番かな？」

次の瞬間、一瞬のうちに、中澤麻実の目の前に、魔神マーリンと、いつの間にかやってきていた大賢者ヨルムンドが立っていた。そしてマーリンが軽く指を鳴らすと、麻実は光の鎖に拘束されて動けなくなる。

「何!?」

麻実は魔法を使おうとするが、自身から魔力を感じなくなっていて焦る。

「お主のその魔法は最上級の禁忌黒魔法《きんきくろまほう》じゃ。神の領域内に永久に閉じ込める恐ろしい魔法で、入った者は決して元の世界には戻れないんじゃよ」

ヨルムンドは駆け寄ってきたユリアにチョコレートを渡しつつ、麻実に告げる。

「だから何!?　こいつらは彼の方を害する者達よ！　いなくなったら良いのよ!!」

苦しみながらもそう喚き散らす麻実は異様だ。まるで……

「洗脳か？」とシロが呟く。

「そうじゃな。この娘は洗脳状態じゃぞ。人を洗脳する男をお主らも知っているじゃろ？」

ヨルムンドの言葉に皆が息を呑む。

「出てきた方がいいよー！　今すぐに出てこないとお前を潰すよ？　こう見えても俺は我慢してるんだけど？」

マーリンが大声で叫ぶ。

すると大勢いる敵兵士達の中から、ゆっくりとこちらに歩いてくる若い兵士がいた。

「いやいや〜！　勘弁してくださいよ？」

そう言って嗤う若い兵士。見た目も声も全く違うが、皆がその正体を確信した。

「何でこんなことをするんだ？　また気まぐれか？　ネロ！」

ラーニャと桔梗、そしてネオ、待機していたクロノスとゼノス親子も若い兵士を取り囲む。

「おいおい、またこいつか!?」

「今度こそ捕まえて裁きを受けさせるぞ」

チェスターとオルトスはユリアを守りつつも、戦闘態勢を整える。ユリアも若い兵士を見て何かを感じ取ったのかファイティングポーズを取っていた。

「わるいちと！」

「たあ！（細目ー！）」

そこへルイーザも駆けつけて、ユリアと同じくファイティングポーズを取る。

「姿を変えたのか？」

「ええ、魔法で変えてもらったんですが、あまり意味がありませんでした」

シロの問いかけに平然と答えるネロに皆が厳しい視線を向けていた。ネロが手を振ると、捕まえる前の姿に戻る。

「わるいちとー！」

「たあぁーー！（ボコボコにしてやるーー！）」

ユリアはプンスカと怒りながらお得意のパンチをお見舞いしようとし、ルイーザもふよふよと浮きながら威嚇する。

アネモネとジェスが必死で止めているが、ユリアの父親であるオーウェンはやる気満々だ。

「……お前の今度の目的は何だ？　何でこいつらと繋がっているんだ？」

「お前の裏にはタールシアン王国がいるのか？」

シロやクロノスの問いかけに、ネロは失笑した。

「私が国に動かされてると？　あははは!!　そんな馬鹿なことある訳ないでしょう!?　私はこいつらとは違いますよ？　魔族を滅ぼしたいという人物に頼まれてこの〝状況〟を作っただけです。その人物は国の英雄になれる、私には莫大《ばくだい》な報酬が入るというWin-Win《ウィンウィン》な関係ですから」

面白い遊びを見つけた子供のように興奮気味に悍ましい説明をするネロに、聞いていた皆が怒りを募らせる。

「おい！　どういうことだ⁉　俺達はタールシアン王国から、国の重要人物が捕まったから助けて欲しいと言われてお前を助けたんだぞ⁉」

小鳥遊優弥がネロに抗議する。

「扱いやすくて助かりましたよ。特に魔力の才能が飛び抜けていた中澤麻実を洗脳出来たことは、我ながらよくやったと褒めてあげたいですよ！」

「お前‼」

優弥が怒りに任せてネロを攻撃しようと剣を向けたが、次の瞬間には拘束されていた。

「君達の怒りは分かるけど少し黙っててくれる？」

マーリンがいつになく真剣な顔で優弥を制止すると、横にいたヨルムンドが中澤麻実の洗脳を簡単に【解除】した。麻実は力が抜けたように倒れてしまった。

「あーあ！　まだ使えたのに勿体ないですね〜？」

ネロはつまらなそうに呟いた。

「お前がこの里を襲わせたのか？」

そこにやってきたルーシアスは怒りに震えていた。

魔族の穏やかな暮らしを自らの行いで危険に晒《さら》してしまったことへの後悔と、目の前にいるこの不気味な男への憤怒《ふんぬ》がないまぜになっている。

「ああ、君が魔族の長かい？　お気楽にもタールシアンの王女と恋愛して里を破滅に陥れた、お馬鹿な長さん！」

ネロが馬鹿にしたように大声で話すが、ルーシアスは怒りに震えながらも何も言い返せない。

「うるちゃい！　わるいちとをひっとらえりょーー!!」

「たあ！（ひっ捕らえろー！）」

ルーシアスとナターシャを守るように立ち、ネロや敵兵士に向かって宣戦布告（？）するユリアとルイーザ。

「わるいちとをいっちょにやっちゅけましゅよ!!」

ユリアは後ろを振り返り、ルーシアスにそう言うと鼻息荒くネロ達に向かっていこうとする。

そんな幼子を見て何かが吹っ切れたルーシアスは、今まで底に秘めていた魔力を解放させる。すると、ルーシアスの味方をするように森の木々が激しく揺れ始めた。

「ナターシャ、私は今まで人と争いたくないと逃げていた。ですが、逃げていては誰も守れないんです。里の皆が傷ついて、貴女も傷ついた。ユリア達がいなかったら私達は死んでいたでしょう……。こうして生きている今はもう全てから目を背《そむ》けません！」

「ええ、私も悲しんでいるばかりではダメですね……。貴方についていくと決めた時から覚悟は出来ています！　たとえ父上と戦うことになってもこの里を守ります！」

魔族を散々虐げ蔑んできたタールシアン王国の王女と分かっていても、里の人達は二人の結婚を祝福し、喜んで受け入れてくれた。そのかけがえのない優しい時間を奪ったタールシアン王国やネロを決して許しはしない。ナターシャも覚悟を決めていた。

「いきまちゅよ!!」

怒り心頭のユリアとルイーザの後ろには、魔力を解放したルーシアスとナターシャがいた。

「あらら～……。想定外なことが起こりましたね」

まさかルーシアスが覚醒するとは、と苦笑いをするネロ。

「おちびに全部持ってかれてるな！」

「ここからは我々の出番ですよ」

興奮状態のユリアを宥めつつ、自分達も戦闘準備をするチェスターとオルトス。他の魔物達も続々とユリアの周りに集まってきた。

「では、兵士さん達出番ですよー！」

ネロに洗脳された敵兵が彼を守るように集まる。

「俺はお前を許さない！　タールシアン王国に戻って……」

「その必要はないわ」

優弥の言葉を遮って現れたのは、軍服を着た美しい女性だった。金髪を綺麗に一本にまとめて、凛《りん》とした切れ長の目が特徴的だ。そんな女性の後ろには部下であろう数十人の兵士がいた。

「厄介そうな奴らが来たな」

ジェスが言う通り、今までの敵兵士とはレベルが違う。だが、一同は怯《ひる》むどころか不敵な笑みを浮かべる。

「お前、生きていたの？」

女性はナターシャを蔑むように見ながら吐き捨てる。次の瞬間、女性の後ろにいたはずの部下が、ナターシャの目の前に現れて首を斬りつけようとしたが、すんでのところでその短剣は受け止められた。

その勢いのまま男を思いっきり殴りつけたのは、ルウズビュード国の暴れん爺チェスターだった。

「あにちしゅごい!!」

「たあ！（やるわね！）」

唖然とする女性をよそに、ユリアとルイーザはチェスターの周りをぐるぐる回りながら喜ぶ。

「カリーニャお姉様!?」

軍服の女性を見て驚くナターシャ。タールシアン王国第一王女であるカリーニャは、生まれた時から才能に溢れ、僅か六歳で神の子の称号を得た。

「この者達は何なの？」

カリーニャは驚きながら、部下を簡単に殴り倒したチェスターや、その周りにいる魔族ではない者達を見つめる。カリーニャの背後にいた部下達も騒《ざわ》ついている。

「私達はルウズビュード国の者ですが、孫がここで襲われたので助けただけです」

オルトスが鋭い目つきを向けながらカリーニャに説明する。

「ルウズビュード国？　あぁ、偽の神の子がいる……あの二人のどっちかかしら？」

チェスターの周りにいるユリアとルイーザを見て、そう呟いたカリーニャ。

「何を言っているんだ？　偽の神の子ではない」

険しい声でシロが反論した。

「神の子は私よ！　だから偽物がいたら困るのよ!!」

「お前のことは知らないし興味もない。第一、お前からは何も感じない」

「確かにそうねぇ。この女からは悪意しか感じないわ」

桔梗が鼻で笑い、クロじいとチェビも呆れながらカリーニャを見ていた。

「カリーニャさん！　これは一体どういうことですか!!　魔王なんていないじゃないか！　俺達を騙してたのか!?」

ALPHAPOLIS
WEB CITY SINCE 2000
ALPHAPOLIS
アルファポリス
LN_Ver.33
アルファポリスの人気作品を一挙紹介!

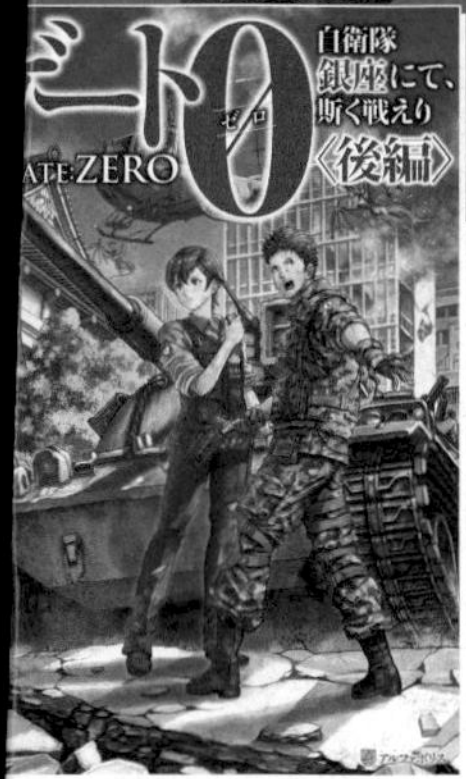

ゲート0 -zero-

自衛隊　銀座にて、斬く戦えり

柳内たくみ　　既刊2巻

大ヒット異世界×
自衛隊ファンタジー新章開幕！

20XX年、8月某日――東京銀座に突如『門(ゲート)』が現れた。中からなだれ込んできたのは、醜悪な怪異の群れ、そして剣や弓を携えた謎の軍勢。彼らは奇声と雄叫びを上げながら人々を殺戮しはじめ、銀座はたちまち血の海と化してしまう。 この事態に、政府も警察もマスコミも、誰もがなすすべもなく混乱するばかりだった。ただ、一人を除いて――これは、たまたま現場に居合わせたオタク自衛官が、たまたま人々を救い出し、たまたま英雄になっちゃうまでを描いた、7日間の壮絶な物語。

各1870円⑩

月が導く異世界道中

あずみ圭　既刊19巻＋外伝1巻

TVアニメ2期
2024年1月放送開始!!

薄幸系男子の 異世界成り上がりファンタジー！ 平凡な高校生だった深澄真は、両親の都合により問答無用で異世界へと召喚され た。しかもその世界の女神に「顔が不細工」と罵られ、最果ての荒野に飛ばされてしまう。人の温もりを求め荒野を彷徨う真だが、出会うのはなぜか人外ばかり。ようやく仲間にした美女達も、元竜と元蜘蛛という変態＆おバカスペック……とことん不運、されどチートな真の異世界珍道中が始まった――!!

定価：各1320円⑩

e:Monster

斬児狐

第1章：既刊9巻＋外伝2巻
第2章：既刊3巻

TVアニメ制作決定!!

ーカーに刺され、目覚めると最弱ゴリンに転生していたゴブ朗。喰えば喰ほど強くなる【吸喰能力】で異常な進を遂げ、あっという間にゴブリン・コュニティのトップに君臨――さまざま強者が跋扈する弱肉強食の異世界、有能な部下や仲間達とともに壮絶下克上サバイバルが始まる！

定価：各1320円⑩

強くてニューサーガ

阿部正行　　既刊10巻

TVアニメ制作決定!!

激戦の末、魔法剣士カイルはついに魔王討伐を果たした…と思いきや、目覚めたところはなんと既に滅んだはずの故郷。そこでカイルは、永遠に失ったはずの家族、友人、そして愛する人達と再会する――人類滅亡の悲劇を繰り返さないために、前世の記憶、実力を備えたカイルが、仲間達と共に世界を救う2周目の冒険を始める！

定価：各1320円⑩

そこへ割り込んできた小鳥遊優弥に、カリーニャは冷たい視線を送る。

「勇者召喚をしたのは私の計画の手駒にするためよ。別に貴方達に世界を平和にしてもらおうなんて思っていないわ」

「そんな……じゃあ元の世界に帰してくれよ!!」

「無理ね。召喚にはあまり魔力は必要ないけど、戻すには貴方達のいた時代や国を把握するのにかなりの時間と魔力が必要なのよ。そんな労力なんてないわ」

無情にもそう言い切ったカリーニャ。その言葉に優弥はショックで崩れ落ちる。

「酷いわ!! 勝手に連れてきて……戻れないなんて!」

アネモネが非情なカリーニャ達のやり方に、怒りを爆発させた。

「確かにやり過ぎだな! タールシアン王国か……ただで済むと思うなよ?」

「あにち……いちゅもよりおかおがこわい!」

悪人も逃げていくような極悪な顔をするチェスターを見て、ユリアは後退りする。

「ルウズビュード国には消えて欲しいと思っていたから、丁度良いわね」

「いや〜……やめといた方が良いですよ? ていうかルウズビュード国に何かしたんですか〜?」

カリーニャを止めようとしているネロ。彼女は得意げにこう答えた。

「兵を送ったわ! それから報告がないのが気がかりで、この里が滅びるのを見たらこのままルウズビュード国に向かおうと思っていたのよ」

「何を!? ルウズビュード国には手を出さないと言いましたよね!? ああ! 計画が狂ったじゃないですか!!」

カリーニャに向かって激昂するネロ。

計画というのは、カリーニャをタールシアン王国の女王にすることだった。元々世界ギルド協会に潜伏していた間に、ネロはカリーニャから依頼を受けた。父王ミザードレスはカリーニャの婿《むこ》を国王にするつもりで、このままでは彼女は女王にはなれない。だから父も納得するぐらいの戦果を挙げたいのだと。

その具体策が、タールシアン王国の天敵でもある魔族を倒して、その功績をもって女王にさせる計画だった。

だが、カリーニャは貪欲《どんよく》過ぎた。ネロに嘘を吐いて、胡散臭《うさんくさ》い神の子信仰を強化するためにルウズビュード侵攻に手を出していたのだ。

ネロはルウズビュード国の恐ろしさを知っていた。計画の最中に捕まったのは自分の落ち度だが、まさか勇者召喚を行い、自分をあんな風に助けに来るとは思わなかった。こうなった以上、早く魔族を滅ぼして逃げるのが得策だと思っていたのに大誤算だ。

「貴女が貪欲なのは分かってましたが、こんなに愚かだとは思いませんでした! 私はこの計画から抜けますよ！　面白くないですし！　あの子を敵に回したくないんでね！」

そう言ってユリアを指差すネロ。

「わるいちと!!　パンチしまちゅよ!!」

ユリアはネロを見て怒っている。

「ということで私は降伏致します～！」

「ひっとらえりょーー!!」

両手を上げて降参するネロに驚く一同。だが、そんなことは関係ないユリアが、ネロを指差して以前捕まえた時と同じ名ゼリフを、大声で言うのだった。


ルウズビュード国の兵士達に拘束されたネロは、大人しく座っている。

「一体何だって言うのよ！　計画が台無しですって⁉　私達が勝てば良いのよ!!」

カリーニャが部下達に目で合図すると、彼らは武器を持ち戦闘態勢を取り始めた。一触即発になったその時、凄まじい魔力を感じた一同は空を見上げる。

「ユリアーー!!　無事か⁉」

巨大な飛竜《ワイバーン》に乗って現れたのは、妹が大好きなルウズビュード国国王オーランドだった。

「あーー!!　にーにだ!!」

嬉しそうに手を振るユリアだが、オーランドの背後にも数十頭の飛竜《ワイバーン》が飛んでいる光景に圧倒されていた。それはカリーニャ達や魔族も同じだった。

「飛竜《ワイバーン》……一頭でも国が滅ぼされると言われる……」

飛竜《ワイバーン》が森に着地するだけで、地響きが凄まじい。シロはふらついてしまうユリアを抱える。

「オーランド、お前どうして来たんだ？」

オルトスが怒りを含んだ声でオーランドに問うが、ルウズビュード国で起こった出来事を聞かされて驚く。

「ガハハハ！　久しぶりの遠出じゃから空気が良いのう!!」

「焦げ臭いけど？」

「くちゃい！」

そこへやってきた、やたら屈強な老人と二人の子供。老人を見たオルトスは一気に顔が青ざめ、オーランドとアネモネは驚いて駆け寄ろうとした。だがその前に、ふわふわ浮いているルイーザとシロに抱っこされたユリアが先に三人の元に駆け寄っていった。

「にゃにものだ!?」

「たあ!!（次から次へと!!）」

ユリアが仁王立ちになりサンドスを威嚇するのを見て、ルイーザも加勢する。

「おお！　お前さんがユリアか⁉　ん？　赤ん坊が浮いてるぞ⁉」

サンドスも負けずに大声で驚いている。

「なんでユリアにょなまえしってるにょ⁉」

「たあ！（ジジイ！）」

ユリアは驚いて少し後退る。ルイーザはふわふわと浮きながら勝気に責めていた。

「ガハハハ！　元気な子達じゃのう！　そこの赤ん坊は……ルイーザじゃな。お前が生きていてどんなに嬉しかったか！　わしはフローリアの父親でお前さんの爺さんじゃ！　ユリアはわしの曾孫じゃな！」

笑ったり、涙ぐんだりと忙しいサンドスを見て目が点になるユリアだが、ルイーザはサンドスに静かに近付いていき、肩をパンと叩く。

「たあぁ！（ジジイ！　よろしくね！）」

「ああ！　わしは元気じゃぞ！」

全く噛み合っていない祖父と孫の会話を微笑ましく見ている余裕はない。マルとシイカはユリアに近付きたかったが、目の前の悪意に反応して戦闘態勢を取っていた。

「気に入らないわ‼　私はタールシアン王国の次期女王になるのよ‼　貴方達と魔族は関係ないでしょ⁉」

カリーニャはルーシアスを指差しながら捲《まく》し立てている。

「関係ないだと？　タールシアンが我が国を攻撃したのは事実だ。何人かの兵士を捕らえている」

オーランドがルウズビュード国で起こった出来事を話し始め、それを聞いたオーウェンやアネモネ、チェスターとジェスは顔色を変えた。近くで聞いていたルウズビュード兵達も憤慨《ふんがい》していた。

「ルウズビュード国は神の子がいると嘘を言ってるわよね!!　神の天罰が下るわよ！　神の子は私なの!!　幼い頃に神託が下ったのよ！」

カリーニャの言葉に反応したのはナターシャだった。

「お姉様……本当に神託が下ったのですか？　以前の神の子は母であるサーシャ王妃でしたが……お姉様が神託が下ったと言った数日後に母は亡くなりました！」

「だから何？　私が殺したとでも言うの⁉　実の母よ！　そんなことする訳ないでしょう⁉」

幼い頃から野心が強く、冷酷だったカリーニャ。そんなカリーニャを危惧していた母親サーシャは、神の子の後継者をナターシャにと考えていたので、彼女に全てを話していたのだった。

「神の子信仰は、国民を洗脳して王族至上主義を刷り込むために、王室が作ったものだと聞きました。なので神託など下るはずがないですし、父上もそれを知っているはずです！」

「そんな訳ないわ！　出鱈目《でたらめ》なことを言わないでよ！　私は神の……戦神ライディン様から神の子として神託が下ったのよ！　勇者召喚だってそうよ！」

戦神ライディンと聞いて、マーリンは頭を抱える。

「あいつは一体何してんの？」

「わしにも分からんのう〜」

苦笑いするしかないヨルムンドだが、周りは訳が分からず事態を見守っていた。

「我々ルウズビュード国はタールシアン王国に宣戦布告する！」

オーランドの堂々とした発言に、ルウズビュード兵達は沸き立つ。

「魔族もタールシアン王国に宣戦布告する！」

ルーシアスも戦闘態勢を取る。ナターシャも力のある限り援護する覚悟で、見ていた魔族達も勇気を出して前に出てきた。

「わるいちとやっちゅける！」

ユリアもルーシアスの横に立ち、一生懸命にパンチの準備をしていた。そんなユリアに続いてルイーザも同じくパンチを繰り出す準備をして、マルも大剣を軽々と持ち、シイカはよちよちと歩いてきて杖を出す。

おちび達だけに任せられないと、シロ率いる魔物達やチェスターとオルトス、オーウェンやアネモネ、そしてオーランドとサンドスが出てきた。ジェスやマーリン、ヨルムンド、竜王クロノスはネロを見張りつつその様子を見ている。

「何なのこの子供達は!?　邪魔ね、一緒に排除して！」

カリーニャが冷酷にも部下にそう指示した。

「俺が倒すぞ！」

「シイがたおちゅ！」

やる気満々のおちび精霊達だが、それを見て敵の女性兵士が鼻で笑う。

「あらあら、可愛いわね～？　でも私、子供が大嫌いなの！」

そう言うと、女性兵士は無詠唱で風魔法【風刃《ふうじん》】を容赦なく放つ。だが、それを見たシイカが杖をポンと振る。

「【わんわん～】」

そう言ったシイカの杖から炎の子犬が出てきて、猛スピードで女性兵士に向かっていく。風の刃は簡単に炎に呑み込まれて、炎の子犬は徐々に巨大化していき、最終的に女性兵士を包み込み一瞬で灰にした。その瞬間にルイーザがユリアを目隠しする。

「たあ！（ユリアには早いわ！）」

「いや、お前もな！」

思わずチェスターがツッコんだが、皆がシイカの実力に驚いている。

カリーニャも幼子の異常な強さに固まっていた。だが、カリーニャを無視して動き出した大柄な男性兵士は、侮蔑を含んだ笑みを浮かべながらルーシアスの元へ歩いていく。

「魔族は人間の敵だ‼　その醜い姿で地獄へ行きな‼」

大きな斧を振り回してルーシアスに向かっていく。それでも動かないルーシアスだが、目の前まで斧が迫ってきた瞬間に指二本で簡単に受け止めた。驚いた男性兵士が斧を戻そうとするが、全然動かない。

「こんなものですか……」

ルーシアスは斧を二本の指で粉々に砕いてしまった。

自分の武器を破壊された男性兵士は、驚いて後退りすると、近くにいた魔族女性を人質にした。

「このゴミを殺されたくなければ降参しろ‼」

それを冷静に見ているルーシアス。

「本当に汚い連中だ」

男性兵士はルーシアスに何か反論しようとしたが、急に腹部に違和感を覚えて下を見ると、大きな風穴が開いていた。何故かと考える間もなく、彼は倒れて動かなくなったのだった。

人質にされた魔族女性が、無詠唱で風魔法【風弾《ふうだん》】を放ったのだ。魔族は基本的に魔力が高くて魔法を得意とする。今まで温厚で平和主義だった魔族を変えてしまったのは、紛れもなく人間だ。

魔族の力に驚いているカリーニャと敵兵士達。ネロはそれを不気味にも笑顔で楽しそうに見ている。

「お前達に構っている場合じゃないんでね、早めに片付けさせてもらう」

オーランドがそう言って先陣を切ろうとしたが、オルトスが奥から現れた。

「娘も見ているんだ。父親として恥ずかしくない戦いをしないとな」

「たああ！（行けーー！）」

オルトスはルイーザに応援されながら一歩前に出る。

「カリーニャ様、私が行きます」

向こうから出てきたのは背が高い女性兵士で、鋭い目つきでこちらを見ている。

「女性でも容赦はしませんよ」

「望むところです」

睨み合うオルトスと背の高い女性兵士。先に動いたのは女性兵士の方で、目に見えぬ速さで消えてしまった。何が起こったか分からないユリアは、目を擦ってもう一度見ている。

「ありぇ～？」

「お前にはまだ早いからこいつとあっちで待ってろ！」

チェスターに抱えられたユリアをジェスが迎えに来て、ルイーザと共にアネモネが待っている避難場所に移動させられた。

オルトスは静かなまま動かない。すると、いきなりオルトスの目の前に、消えていた女性兵士が現れて刃を向ける。

「遅いし、気配が見え見えです」

ギリギリで刃を避けたオルトスが今度は一瞬で消えた。気配も何も感じず焦る女性兵士に確実に影が忍び寄る。

「この程度でルウズビュード国に攻撃を仕掛けるとは……全く」

女性兵士の背後に現れたオルトスがそう呟く。女性兵士は何が起こったか分からないまま倒れて動かなくなったが、その首から血が流れていた。

残っている敵兵は、今までの戦いを見ていて恐怖で体が震えていた。中には降伏する者も現れ始めて、カリーニャは焦り出す。

「……良いわ！　ルウズビュード国には正式な謝罪文と国王の首を送って降伏するわ！」

とんでもない発言をするカリーニャに皆が冷たい視線を送る。カリーニャが連れてきた残りの部下達も、彼女の発言を信じられない気持ちで聞いていた。

「カリーニャ様！　お父上ですよ!?」と部下が考え直すように説得する。

「このままではタールシアン王国が、長い歴史を誇る我が国が終わるかもしれないのよ!?　国を守れるならお父様も本望でしょう？」

自分でこの騒ぎを仕掛けておいて、勝てないと悟ると今度は父親に全ての責任を押し付けるカリーニャに、部下達も驚き唖然とするしかない。

「おいおい、国王もとんでもない娘を持ったな！」

チェスターの声は呆れながらも怒りが滲んでいる。

「お姉様！　あんまりですわ!!」

ルーシアスに支えられたナターシャも怒りに震えていた。

「うるさい！　私がタールシアンの女王になるのよ！　私には偉大なる戦神ライディン様がいるわ!!」

そう言って、カリーニャは天に向かって急に叫び始めた。

「戦神ライディン様ーー!!　私に力をお貸しくださいーー!!　戦神ライディン様ーー!!」

だが何の変化もない。あのネロでさえ呆れた目でカリーニャを見ていた。

「もう良い。お前を拘束する！」

オーランドはそう言いながら、口いっぱいに果物を頬張るユリアを連れてきた。

「……もぐ……もぐ……ひっとりゃえろーー!!」

「「はい！！！」」

少しの沈黙の後に大声で名ゼリフを言うユリア。その言葉に大声で返事をするルウズビュード兵士達。

「何故ですか!!　戦神ライディン様ーー!!」

まだ叫び続けるカリーニャをユリアはじっと見ている。

「何よ！　貴女は偽の神の子よ!?　私が本物なの!!」

「ユリアはかみにょこじゃにゃいよ！　ユリアはユリアでしゅよ!!」

そんなユリアを見てチェスターは笑っている。

「ユリア、こっちに来い」

シロに手招きされたので、ユリアは嬉しそうに走っていく。

「らいでんってなんでしゅか～？」

シロに抱っこされたユリアが、何気なく戦神ライディンの名前を発した。

次の瞬間、空が荘厳《そうごん》に光り出して二つに割れた。そこから何かが降りてくるのが分かり、皆はそのあまりの神々しさに目が離せない。

「あれなんでしゅかーー!?」

「あーあ、これは怒られるぞ。僕は知らない！」

眩しそうなユリアの横で魔神マーリンが呆れている。

「たああ！（ゴリラよ！）」

「ゴリラしゃん？」

世界の動物図鑑に載っていたゴリラという動物を思い出して叫ぶルイーザと、目を輝かせるユリア。

降りてきたのは、二メートルは軽く超える大柄で屈強な男性だ。その身を重厚で神々しい漆黒の鎧で固めている。男性の視線がシロに抱っこされているユリアを捉えた。

「ユリアよ、我を呼んでくれたな」

頭に直接響くような話し声とその神々しい姿に、タールシアン王国の者は涙して平伏し始めた。

「ゴリラしゃんじゃにゃい!?」とユリアは軽くショックを受けている。

「む。ゴリラではない。我は戦神ライディンである」

「た！　たあぁ！（何よ！　同じようなものでしょ！）」

ふんぞり返る娘をオルトスが必死に窘める。

「おいおい！　何で地上に降りてきたのさ!!　絶対に怒られるよ!?」

「マーリンか。貴様が地上にいて我が何故ダメなのだ！　愛し子が現れ会いに行こうとしたら女神に止められたのだ！　ラズゴーン様が余計な……」

「それ以上言ったら神の領域にも戻れないよ？　創造神の怒りに触れるよ？」

マーリンに言われてライディンは口を噤《つぐ》む。

そんな光景を見ていたルウズビュード国側も、魔神マーリンに続く神の登場に驚いていた。

「あれは、ユリアの声に反応して降りてきたのでしょうか？」

「そうであって欲しくはないが……そうだろうな」

苦笑いしか出ないオーランドとオーウェン。アネモネは心配そうにユリアの横で事態を見守っていた。

「おちびが関わるとやっぱりとんでもねーなぁ⁉」

「流石に俺も驚いたよ！」

チェスターとジェスも目の前に戦神ライディンがいるのが信じられない。

魔物達も、竜王クロノスも驚いていた。長らく生きていて神など見たことがなかった。なのにユリアと関わってから魔神マーリンが現れ、今回は戦神ライディンの登場だ。唯一シロだけは以前に女神と関わっていたのもあり、あまり驚いていない。

「ユリアよ。我は戦神ライディンだ」

「ユリアはユリアっていいましゅ！」

「うむ。これからは我が鍛錬して強い戦士にしてやろう」

「ダメだよ！　可愛いユリアがお前みたいにゴリラになっちゃうだろ⁉」

ライディンのとんでもない発言に大反対するマーリン。聞いていた他の者も強く頷いている。

「ユリアはせんしじゃにゃいもん！　ユリアはおひめしゃまにゃの!!」

「うむ。そうかお姫様なのか」

ユリアに怒られているライディンを見て大笑いするマーリンだが、周りは生きた心地がしない。

「ああ!!　ライディン様ーー!!　私をお助けくださいませ!!」

我に返ったカリーニャが、ライディンの元へ行き跪いて助けを乞う。

「お前には聞きたいことが山程あるが、正直に答えると誓《ちか》うか？」

「はい！　誓います!!」

「あーあ、この女は神に誓うって意味、分かってんのかな～？」

神の誓いに背《そむ》いた時の末路を知らないであろうカリーニャを見て、マーリンは彼女の最期を確信したのだった。

第9話　見えてきた真の巨悪

「我に誓ったことを忘れるな。では聞くが、何故このような愚かで醜いことを行ったのだ？」

戦神ライディンの重苦しくて威圧的なオーラに頭を上げられずに、タールシアン王国の兵士達はブルブルと震え上がる。

「私はライディン様に言われた通りに勇者召喚を致しまして、悪の象徴である魔族の壊滅を行いましたわ！」

カリーニャの言葉にライディンは何故か考え込む。

「あのさぁ、僕も聞きたいんだけど、何で勇者召喚なんて馬鹿なことをしたのさ!!」

魔神マーリンもライディンに詰め寄る。

「我は魔族を壊滅しろと言っていない。そもそもタールシアン王国に神託など下してはいない！我の名を騙《かた》った者がおるのだ！」

「はぁ？　まぁ確かに神々は基本的にあまり集まらないけどさぁ、お前が勇者召喚をしたって聞いたよ！」

そう言いつつ、何か思い当たることがあったのか、急に黙り込んでしまうマーリン。後ろに控えていたヨルムンドも厳しい顔になる。

「ライディン様！　私がタールシアン王国をより繁栄させるため、そして悪の象徴である魔族を根絶やしにするために行ったことです！」

「あっ、悪いけど少し黙っててくれる？」

自分を正当化しようと喚き散らすカリーニャを、マーリンは魔法で眠らせた。

「もし〝奴〟の仕業だったら封印が解けたのかのう……」

ヨルムンドが珍しく焦った様子で指を鳴らすと、姿が消えてしまった。

「どうしたんだ？」

不安になったオーウェンがマーリンに説明を求める。

「ああ、今回の黒幕が分かったかもしれない。簡単に言うと、人にも悪さをする奴がいるように神にも悪さをする奴がいたんだよ」

「いたんだ、ってことはもういないのか？」

シロが、疲れてウトウトしているユリアを抱っこしながらも疑問をぶつける。

「ああ、僕達神々とヨルムンドが封印したはずなんだけど……」

「封印が解けておった！　あれを解けるのは神々とわしだけのはずじゃぞ!?」

すぐに気配なく戻ってきたヨルムンドは非常に驚き、そして焦っていた。

「その神は……」

「生命神セラム」

オーランドがその神の名を聞こうとした時、魔族の長であるルーシアスがその名を口にした。

「……セラムは生命を司《つかさど》る神じゃったが、ある出来事があってのう……邪神に堕ちてしまったのじゃ」

ヨルムンドが悲しそうに呟いた。

ルーシアスの話によると、遥か昔になるが、生命神セラムを崇《あが》めていた魔族は人族とも争うことなく共存していた。だが、ある事件がきっかけでセラムは我を失い、邪神へと堕ちてしまったのだ。

「ある事件って……何ですか？」

恐る恐る聞いたアネモネは、何故か嫌な予感がして仕方がなかった。マーリンやヨルムンドが黙ってしまう中で、ルーシアスが恐るべき言葉を口にした。

「……愛し子の死です」

その言葉に周りが一瞬で凍り付いた。何も分かっていないユリアはシロに抱っこされてスヤスヤ眠っている。

「あまり話したくはない魔族の負の歴史ですが……〝神の愛し子〟だった人族の女性を一人の魔族が殺《あや》めてしまったのです」

衝撃的な言葉に皆が今も固まったままだが、竜王クロノスが重い口を開いた。

「俺は父上からそんな昔話を聞いたことがあった。御伽話《おとぎばなし》だと思っていたが、本当にそんなことがあったのか？」

「ええ、〝神の愛し子〟であった女性は、ある男性と恋に落ちました。ですが、彼女を好きだった魔族の男がそれに激しく嫉妬して、彼女を殺めてから自らも命を絶ちました」

ルーシアスが苦しそうに少しずつ話してくれた内容を聞いて、アネモネは恐ろしくなり、オーウェンは何故か不安で足が震えていた。ユリアとは関係がないと分かっていても嫌な予感が拭えないでいた。

「セラムが愛した娘だな、確かトクマルユメって名だったな」

ライディンの言葉を後ろの方で聞いていた小鳥遊優弥の顔色が変わった。

「ユメって言いましたか⁉　徳丸夢《とくまるゆめ》ってまさか⁉」

「……。ああ、そうだよ。彼女は生命神セラムが異世界から転生させた子だよ」

マーリンは厳しい視線を、小鳥遊優弥や他の倒れている三人の異世界人に向ける。

「彼女は君達に虐《いじ》められていた。彼女は傷ついていたがそんなことに負けないと言って、いつも元気でとても優しかった。ある日彼女は道に飛び出した幼子を助けようとして呆気なく死んでしまった。それを見ていたセラムが、彼女をこの世界に導いたんだ」

小鳥遊優弥はマーリンの厳しい視線に耐えられずに顔を背けた。

「俺は何もしていない‼　虐めていたのは藍達だ！」

「別に言い訳はしなくていいよ。こちらに来たユメはとても楽しそうだったしね……でも僕達はユメを守れなかった……」

その話を聞いていた桔梗があることを口にした。

「もしかしてだけど……愛し子の恋人って、そのセラムって神じゃないかい？」

「ああ、その通りだよ。セラムはユメが心配で地上に降りては世話を焼いてね……そのうちにお互い惹かれ合って恋人同士になったんだ。ユメは〝神子《みこ》〟になり神の領域で暮らすことになっていたのに……死なせてしまったんだ」

マーリンの言葉に、ヨルムンドやライディンにも悲愴感《ひそうかん》が漂う。

「……それで、あの穏やかで誰よりも生き物を慈《いつく》しんでいた生命神セラムが暴走し、邪神に堕ちてしまったんじゃ。神々やわしでも封印するのがやっとでのう……悲しいことじゃ」

一連の話を聞いた一同は、自然とユリアに視線を向けるのだった。

ユリアとそのユメという女性は関係がないと分かってはいるが、同じ愛し子である人の死は、ここにいる者達の不安を掻き立てていた。

そんな中で特に赤子のルイーザは不安が爆発して、大声で泣き出した。そんなルイーザを見てネオやゼノスもポロポロと泣き出してしまった。オルトスやラーニャ、クロノスは我が子を抱きしめながらも、不安を拭えない自分に苛立ちを覚える。

「ユリアは関係ないよ！　俺は何があってもユリアを守るぞ!!」

今までユリアの服のポケットに入っていた妖精コウが、大声でそう宣言する。

「そうだ。もしセラムという邪神が復活してユリアに害を為《な》すなら俺達が容赦はしない」

シロの言葉に魔物達が強く頷く。ルウズビュード国の王族達や兵士も、これから訪れるかもしれない巨悪と戦う決心をする。

皆がそれぞれに思いを馳せていた時、ルイーザの泣き声でユリアが目を覚ましてしまった。

「りゅいーじゃちゃん！　どうちたにょ!?」

シロからずりずりと降りたユリアが、オルトスに抱っこされているルイーザに駆け寄った。

「たあー！（ユリアー！）」

ルイーザはフワッと浮いてユリアに抱きついた。

「よちよち……もう！　だれでしゅか!!　りゅいーじゃちゃんをなかちたにょは!?」

プンスカ怒るユリアは周りを見ながら犯人探しを始めた。周りが視線を逸らす中、何故かユリアとばっちりと目を合わせるライディン。

「あっ！　ゴリラしゃんでしゅか!?」

「む。我はこの赤子を泣かせてはいないぞ！」とゴリラであることは否定しないライディン。

「りゅいーじゃちゃんにあやまってくだしゃい！　おかちあげましぇんよ!?」

漆黒の巨大な鎧が豆粒サイズの幼子に理不尽に説教されている光景は、非常にシュールだった。

そんな微笑ましい（？）光景を見ても笑えないでいる、母親のアネモネと父親であるオーウェン。

自分の娘が〝神の愛し子〟である事実は受け入れているつもりだったが、ユメという別の愛し子の死を聞いた今、心境は複雑だった。

「その邪神に堕ちてしまったセラムがこの事件を起こしたんですか？」

アネモネはマーリンに問う。

「戦神ライディンを信仰するタールシアン王国を利用した可能性があるね。直接セラムが動かないのは、まだ本当の力を取り戻せていないからかもしれない」

「タールシアン王国の魔族嫌悪を利用して、魔族の壊滅を狙ったのかもしれんのう……」

ヨルムンドの話を聞いて顔を曇《くも》らせるルーシアス。そんなルーシアスを心配するナターシャだが、彼女もまた戸惑っていた。

「セラムは今、何処にいるんだ？」とオーランドがヨルムンドに聞く。

「封印が解かれていたことにも気付けんかったんじゃ……気配を探ってはいるが今は分かっておらん……すまないのう」

「とにかく、この一連の事件の裏には、邪神に堕ちてしまったセラムという神がいるというのか？恋人を殺した魔族を恨んで壊滅させようとした……」

オーランドが得体の知れない黒幕に頭を抱える。

「おいおい、まさかおちびは狙われてねーだろうな⁉」

チェスターは皆が聞きたくても聞けなかった恐ろしい質問を、マーリンにした。

「……。僕もセラムの考えていることが分からない。魔族の壊滅を狙っていたのは確かだけど」

取り敢えずカリーニャとタールシアン王国兵士と、異世界から召喚した四人の若者も拘束した。

唯一話を聞いていた小鳥遊優弥の表情は暗いままだ。徳丸夢の二度目の死を受け入れられないのだろう。

その間もユリアは、ずっとライディンにくどくどと説教していた。

「何でゴリラしゃんじゃないんでしゅか⁉」

「そう言われてもな……。すまない」

今度は何故かゴリラじゃないことを怒られているライディンだが、またも素直に謝っている。そんな光景を見ていたルイーザも、少し元気を取り戻していた。

「りゅいーじゃちゃん、だいじょぶでしゅか？」

「たあ！　たああ！（大丈夫よ！　ユリアは守るわ！）」

ライディンの兜《かぶと》の上に立って高らかに宣言するルイーザを見て、パチパチと拍手するユリアだが、オルトスが急いで娘を兜から降ろしてライディンに頭を下げる。

「む。良いぞ。幼子は元気なのが一番だ」

意外と子供好きなライディンは、ユリアによじ登られて、ルイーザに肩に乗られ、妖精コウには鎧の周りをグルグル回られているが、何処か嬉しそうだった。

衝撃の話を黙って聞いていたネロの元に、ヨルムンドとマーリンがやってきた。

「随分と静かに聞いていたね」

「……。神とか言われても興味がありませんからね～？」

「そうか。お前は本当に何も知らないであの女に協力していたのか？」

マーリンの鋭い目線がネロをずっと捉えている。

「お金ですよ！　何をするにもお金が必要ですから～？　まさか邪神が関わっているなんて思いもしませんでした！　全く迷惑な話ですよ！」

「……。お前は一体何者なんだ？　前から思っていたが、快楽主義者にしては用意周到に計画的に動くなと思ってね～？」

「そうじゃな。楽しむというよりは、人々を苦しめながら徐々に世界を破滅させていくように仕向けているみたいじゃな」

ヨルムンドの言葉に、直前まで笑っていたネロからスッと笑みが消えた。そんなネロを見てマーリンが口を開いた。

「ネロ……お前は一体何者なんだ？」

「……何ですか～？　何者と言われても困りますよ～？」

またあの薄気味悪い笑みを顔に貼り付け、はぐらかすネロ。

「まぁ、いいよ。どちらにせよお前はこちらで拘束させてもらうから」

そう言ってマーリンは、ネロを強力な拘束魔法で光の檻《おり》に入れた。


「とんでもないことを聞かされたのう……」

自分の曾孫に訪れるかもしれない危機に、サンドスは心が騒つく。

「大丈夫！　俺がやっつけるから!!」

「シイも〜!!」

マルとシイカは、そんなサンドスを一生懸命に励まそうとしていた。

ルウズビュード国の者達、ユリアの従魔達、そして大賢者ヨルムンドや魔神マーリンはこのタールシアン王国の件が解決し次第、今後の対策を話し合う方向で合意した。今回は愛し子が大きく関わっているのと、邪神が復活している可能性が高いので急を要するからだ。

「早くタールシアン王国の件を解決するぞ」

シロが言うと、皆が強く頷いた。

「ネロは僕達に任せてくれていいよ」

「そうじゃな。聞きたいことがあるからのう」

ネロはマーリンとヨルムンドに任せて、ルウズビュード国側は拘束したカリーニャ達と小鳥遊優弥達と共に、森を抜けてタールシアン王国を目指すことになった。

先行するのは意気揚々と手を挙げたサンドスとチェスターだ。数人のルウズビュード国兵士と共に飛竜《ワイバーン》に乗り、先陣を切って進んでいった。

「相変わらず元気な爺さんだよ」とは苦笑いのオーウェンの言葉だ。

そして出発しようとした時、問題が発生した。

「ユリアとルイーザは、ルウズビュード国に戻っていた方が良いだろう」

オルトスの発言に皆が賛同するかと思ったが、意外にもシロ率いる魔物達が反対する。

「俺達と一緒にいた方が良い。無闇に王宮に帰して、その邪神セラムが現れたらどうするんだ？」

「たあ！　たああー！（ちょっと！　私はユリアと離れないわよ！）」

ルイーザもユリアにピッタリくっついて離れようとしない。

そんな中で、ユリアは存在を忘れられている戦神ライディンと遊んでいた。ルイーザもライディンをゴリラと呼んで微妙に懐いていて、それを見て父親のオルトスは胃が痛くなっている。

「ユリア、こっちに来て頂戴？」

アネモネがユリアを呼ぶと、健気によちよちと歩いていく。

「かーしゃん、どうちたにょ？」

「ユリアはここで母さんとお利口に出来る？」

話し合いの結果、魔物達やアネモネ、ジェスはユリアとここに残ることにした。だが、竜王クロノスや息子ゼノスは、ルウズビュード国の者と行動を共にすることになった。

「うん！　ゴリラしゃんも～？」

そう言ってライディンを指差すユリアと、慌てて平謝りするアネモネ。

「我はタールシアン王国に行ってくる。ユリア、帰ってきてから遊ぼうぞ！」

「うん！」

何故か友情を育《はぐく》んでいる二人。

「私も同行したい」

「私も行きます！」

ルーシアスとナターシャも、タールシアンに同行することになった。

皆がここに残るユリアやルイーザに行ってきますと挨拶する中で、オーランドがユリアから離れたがらないので、オーウェンとオルトスが荒々しく引き剥がした。

「うぅ……ユリア……すぐに帰ってくるからね！　泣かないで待っていてね！」

「うん！　にーにいってらっちゃい！」

泣いているオーランドだが、ユリアは元気いっぱいに送り出している。

†

こうして一行はタールシアン王国の王都に向けて出発した。先頭を意気揚々と歩いているのはマルで、シイカも追いつこうとするが追いつかないので浮遊魔法で進み出した。他の者達はヨルムンドにかけてもらった魔法で加速しながら、走ってついていく。

飛竜《ワイバーン》を使った方が早いが、セラムがいつ仕掛けてくるか分からない以上、戦力の多くをユリアの元に残したいという判断で、走っていくことになったのだ。

この森は強い魔物が多くて誰も近寄らないが、今はその魔物の気配すらしない。魔物の生存本能がルウズビュード国の者や、クロノス達を危険と判断したのだろう。

スムーズに進んでいた一同だが、次の瞬間、大きな爆発音と共に、森を抜けた先から大きな煙が上がっているのが見えた。

「おいおい！　爺さん達やらかし過ぎだろ‼」

驚いたオーウェンと数人の兵士が猛スピードで森を走り抜けていく。クロノスとゼノスは翼だけ出して空を飛び様子を窺う。

「あれはチェスター達の仕業じゃないな」

「父上、あの禍々しい気配は何ですか⁉」

オーウェンとクロノス達がタールシアン王国の王都正門に着くと、飛竜《ワイバーン》から降りたチェスターとサンドスが唖然と立ち尽くしていた。

「何があったんだ⁉」

オーウェンが二人に説明を求めるが、後ろにいたルウズビュード兵が前へ出て説明を始めた。

「我々が正門で敵兵士達と睨み合っていたら……急に王宮が爆発したんです！　それから次々と街が爆発して……この通りです……」

タールシアン王国の王都はほんの数分で火の海に変わってしまった。オーウェンが指示をして魔法での消火活動を始めたが、生存者を探す方が難しいだろう。諦めずに生存者を探していたチェスターとサンドスだが、何処にも生存反応がない。

そこへ遅れてやってきたナターシャは茫然《ぼうぜん》と崩れ落ちた。そんなナターシャを支えるルーシアスも何が起こったのか理解出来ていない。

拘束されているカリーニャや敵兵士も驚いて立ち尽くすしかない。自分の家族や友人を失ったと同時に故郷まで失ったのだ。

「一体何が起こったんだ？」

燃え尽きたタールシアン王国の王都を調べていた竜王クロノスと息子ゼノスが、ふと気配を感じて振り向くと、ユリアくらいの幼い男の子が一人でこちらに歩いてくる姿が見えた。

「息子よ、あれをどう思う？」

「怪しいことこの上ないね……」

身なりも綺麗な幼子が泣くどころか、遺体がそこら中に倒れている道を堂々と歩いてくるのは違和感しかない。クロノスとゼノスが警戒しながらも幼子に近寄っていく。

「おい、お前は何者だ？　この惨状もお前の仕業か？」

クロノスが得体の知れない幼子に話しかける。

「あーあ！　来るのがもっと早かったら助けられたかもしれないのにね？　あー、でもどうかな。爆発した時に〝ユリア〟がいたら死んじゃってたかな？」

何が楽しいのか、笑いながら残酷なことを言う幼子。そこへオーウェンやオーランド、オルトス率いるルウズビュード国の者達が駆け付けた。

「何で幼い子がいるんだ？」

「ああ、君が今世の愛し子の父親かい？」

幼子の言葉に、オーウェンの顔色が変わる。

「お前は何者だ？　何故愛し子のことを知っているんだ!?」

「ああ！　まだ名乗っていなかったね！　僕はセラム様の忠実たる腹心、ミリーだよ！」

幼子がそう名乗った瞬間に、突如として空間が歪み、そこから現れたのは怒り心頭の魔神マーリンであった。

「お前……ラズゴーン様の怒りに触れて消えたはずじゃなかったの⁉」

「いや～それが、セラム様に復活させて頂きました～‼　セラム様は邪神に堕ちましたが、元は生命神ですよ？　それにラズゴーン神に次ぐ実力者でもあるんですから、そんなことは朝飯前ですよ～！」

何が楽しいのかずっと笑っている幼子は酷く不気味だ。

「何故こんなことをしたんだ！」

「あれあれ～？　ルーシアス、君にとっては都合が良いじゃないですか～？　自分達を虐げてきた憎き相手が死んだんですよ？　いい気味～！　って言ってくれないとね～？」

ミリーと名乗る幼子を睨み付けるルーシアス。

「罪もない者達を殺してお前達は満足なのか⁉」

マーリンの激しい怒りに、今まで笑っていたミリーが豹変《ひょうへん》する。

「じゃあ、何の罪もないユメは殺されて良かったの⁉　僕もセラム様もユメを蘇生しようとしたのに……お前達が止めなければユメは生き返ったはずなのに‼」

「確かに我々神には蘇生など容易《たやす》いことだよ？　でも神には足を踏み入れてはいけない領域があるんだよ！　それは分かっているだろ⁉」

お互い一歩も引かずに睨み合うマーリンとミリー。

「……じゃあ、マーリンは、今の愛し子が死んだとしても同じことが言えるんだよね～？」

ミリーの邪悪な笑みがマーリンを捉える。そんな不吉な言葉に、今まで黙って聞いていたオーウェン達が怒りに任せて攻撃を仕掛けようとするが、マーリンが手を上げて制止する。

「やめな。勝てないよ。今ここで竜王に暴れられても困るしね。それにミリー、何か目的があるから現れたんだろう？」

「あはは！　冷静だね～？　マーリンさぁ、成長したんじゃない？」

わざとらしく大袈裟に拍手をするミリー。

「此奴は、セラムの従者だった〝時の精霊王ミリー〟じゃないか？」

戦神ライディンの言葉に皆が息を呑む。

「ああ～？　今気付いたの？　相変わらず空気が読めない脳筋さんだね～？」

時を操る精霊の王だったミリーだが、セラムが邪神になった時に一緒に堕ちてしまった。

「まぁいいや。取引をしたくてさぁ～！　罪もない者達を生き返らせたくないかい？」

自分でこんな惨状にしておいて、平気で取引を持ちかけてくるミリーに皆が怒りに震えていた。

だが、もっと空気が読めないカリーニャが、拘束されたままミリーの前にやってきて平伏《ひれふ》す。

「お願いです！　人々を復活させた暁《あかつき》には私をこの国の女王にしてくださいませ！　魔族を必ず

皆殺しに致しますわ！」

嬉々としてそう宣言するカリーニャだが、ミリーは話を遮られたので顔色が変わる。

「君さぁ〜？　空気読んでくれない？　今は僕が喋ってるんだけど？」

そう言ってミリーは指を鳴らす。すると、平伏していたカリーニャが一瞬で消えた。唖然とするナターシャやタールシアン兵達を見たミリーは、恐ろしいことを告げる。

「ああ、うるさいから〝時の狭間《はざま》〟に捨ててきた！　ずっと暗闇を彷徨《さまよ》っているんじゃない〜？」

楽しそうに笑うミリーに、皆は改めて恐ろしさを感じずにはいられない。

「取引って何なの？」

「マーリン、話が早くて助かるよ！　死んだ者達を生き返らせる条件としてユメの魂を探して欲しいんだよ」

ミリーの顔がいつになく真剣だ。

「その様子だと魂が見つからないんだね？　セラムはまだ力を取り戻していないのか……」

「ユメの魂は特別なんだよ！　〝神の愛し子〟だからラズゴーン様が絶対に何処かに隠しているんだよ！　じゃなきゃ簡単に見つけられるはずなんだ‼」

ミリーは悔しそうに地団駄を踏む。

死んだ魂は神々の下で浄化されて、魂の善悪で次の生き方が決まるのだ。生まれ変われる魂もいる一方で、悪行を重ねてきた魂は神によって裁《さば》かれる。〝神の愛し子〟の魂は特別で、神々の計らいによって次の生き方を選べるのだ。

「ユメの魂はもう生まれ変わっているはずだよ？　ユメの願いは静かに暮らすことだったからね」

マーリンの発言に唖然とするミリー。

「何言ってんの？　ユメはセラム様と暮らしたいはずさ!!　早くユメの居場所を教えなよ!!」

「ユメが死んだのは遥か昔だよ？　今は何処にいるのかもう分からないよ」

小鳥遊優弥達の同級生だった徳丸夢は、生命神セラムによってこの世界に来た。そして時の精霊王の力もあり、今から遥か昔のアバルという小国で生きることになった。この国は多種族が平和に暮らしていた。争いもなく、自給自足で生活していて、夢にとっては凄く居心地のよい場所だった。

「遥か昔……そうだね。セラム様は封印されて、僕はお前達に処分された！」

「人聞きが悪いね？　お前が行った悪行を忘れてはいないかい？」

「はっ！　ユメを殺した国なんかなくなって何が問題なのさ!?」

ユメを失った怒りで我を失った時の精霊王ミリーが暴走して、小国アバルは滅亡した。生命神セラムの暴走は世界中に被害を及ぼし、神々が直接手を下すことになった。ミリーはその場でラズゴーンによって消され、セラムは封印されたのだ。

「またお前を消したくない。だから……」

「戦神ライディン！　僕はお前を許していないから！　よくも僕を殺してくれたね⁉」

そう言って攻撃を仕掛けようとしたミリーだが、その時、極めて悍ましい気配を王宮の方から感じ皆が警戒する。

全壊した王宮からゆっくりと歩いてくる人影に、一気に緊張感を漂わせる魔神マーリンと戦神ライディンであった。

第10話　邪神の復活と真意

光り輝く緑色の長髪を靡かせ、髪と同じ緑色の神秘的な瞳は今何を捉えているのか？

息を呑む程の美貌は人々を魅了するが、今は煌びやかな見た目に反して悍ましい魔力を身に纏っていた。

「セラム……」

警戒しながらも懐かしい人物の名前を呼ぶ魔神マーリン。

「本当に復活したんだな」

唖然とセラムを見る戦神ライディン。

ゆっくりとこちらに歩いてくる人物に、今までの敵と違い、恐怖という感情が先にやってくるルウズビュード国の者達。竜王クロノスも初めて恐怖というものを感じて戸惑っていた。

「セラム様!!　こいつら言うことを聞きません〜!　皆殺しで良いですか?」

ミリーがセラムに手を振りながら、不吉な発言をする。

「おいおい一体どーなってるんじゃ!?」

今の状況を理解出来ないサンドスは、隣にいたチェスターに説明を求めるが、聞いた相手が相手だけにこちらも口を開けたまま固まっていた。精霊のマルとシイカも怖いのか、サンドスにべったりとくっついて離れない。

「……マーリンとライディンですか。久しぶりですね……」

青白い顔で笑うセラムには覇気《はき》がなく、なおかつ不気味だった。

「お前が指示したのか!?　こんなことをしてもユメは喜ばないぞ!!」

「貴方達に理解をしてもらおうとは思っていません。私はユメがいれば良いのですから……」

ユメの名前を口にした時だけ恍惚《こうこつ》の表情で話したセラムだが、次の瞬間にはまた無表情に戻ってしまう。

「ユメの魂を探しているのです。それが分かるのは一人しかいません」

セラムの言葉に、みるみると顔色が変わるマーリンとライディン。

「まさか……!?」

「ええ。今世の〝神の愛し子〟です。確か……竜人族の王女ユリアと言いましたか……」

ユリアの名が出た瞬間にオーウェンやオーランド、チェスターがセラムに飛びかかろうとするが、マーリン達に止められる。

「だから！　お前達には手に負えない相手だって言ってるだろ！　怒りは分かるが、僕達に任せてくれ！」

「いくら神でもユリアに手を出したら許さない！」

オーウェンは血が出る程に拳を握って、必死で我慢している。

「セラム神よ。お主はユメを生き返らせてどうしようというのじゃ！　ユメがそれを望んでいるとお思いか!?」

「……ヨルムンドか……。大賢者だからと私とユメのことにまで口出しするとは、生意気になりましたね」

流石の大賢者ヨルムンドも邪神セラムの桁違いの魔力に、冷や汗が頬を伝う。

「まぁ、貴方達の意見なんて聞くつもりはありません。この近くにいるユリアに話があるのでこれで失礼します」

そう言ってセラムは消えようとしたが、マーリンがそれを阻止しようと拘束魔法をかけた。光の拘束魔法をかけられたセラムは、何故か焦ることなくされるがままだ。セラムを助けようとするミリーの前にライディンが立ち塞がる。

「本当に空気が読めない脳筋だよね!!」

「我はユリアを守る」

必死なマーリンとライディンを見たセラムは、急に笑い出した。

「必死ですね！　何故ユメの時はこんな風に助けてくれなかったのですか⁉　私が神のくだらない話し合いに参加していなかったら……全ては貴方達のせいです！　神など消えてしまえばいい!!」

そう叫ぶセラムから黒くて禍々しい魔力が噴き出して、周りの者達を呑み込もうとする。

マーリンとヨルムンドが究極魔法【神の城壁】を放ち、ライディンが神武器【神の盾】で皆を守り何とか凌《しの》いだが、その間にセラムとミリーの気配が消えてしまったのだった。

†

一方で、森にある魔族の里にいたアネモネやジェス、そして魔物達はタールシアン王国から急に放たれた、今まで感じたことのない強大で禍々しい魔力に唖然としていた。

「一体何が起こっているんだ⁉」

ジェスがルイーザを、シロがユリアを抱っこして警戒する。他の魔物達もこの禍々しさに恐怖と焦りを感じていたが、ユリアのために警戒を始めた。

「ユリアこわい……」

この禍々しさを感じ取っているのか、ブルブルと震えてシロに抱きつくユリア。赤子のルイーザは泣き出してしまった。

「大丈夫だぞ！　俺がユリアを守るからな！」

ユリアのポケットから出てきた妖精コウが、一生懸命にユリアを励ましていた。

魔族達を一ヶ所に避難させていた時、拘束されていたネロが不気味に笑い出した。

「何が可笑《おか》しいんだ？」

ジェスがネロの胸ぐらを掴んだ。

「ああ、ついに動き出したんだな～と思いましてね？　彼の方が自ら動き出したなら貴方達が敵う相手ではないですよ？」

また問い詰めようとしたジェスだが、危険を察知して急いでネロから離れた。するとその瞬間に黒く禍々しいモノが上から落ちてきた。それを見たルイーザはより一層激しく泣き出してしまった。

そんなルイーザを見て、ユリアは自分も怖いはずなのに一生懸命に励ます。

「ふふふ、やはり〝神の愛し子〟は優しくて慈悲深《じひぶか》いですね」

黒く禍々しい渦のようなモノから、穏やかで優しい声が聞こえてくる。

「だれでしゅか!!」

ユリアは何故かプンスカ怒りながら黒い渦に話しかけた。

「ああ。自己紹介をしませんとね？」

すると禍々しい渦が一瞬で消えて、そこから美しく神秘的な男性が現れたが、その身に纏う魔力は身震いする程に忌まわしく濁っていた。

「君が〝神の愛し子〟のユリアだね？」

美しい男性がユリアに優しく話しかけた。

「ちがいまちゅ！」

堂々と否定するユリアにその場が静まり返る。そんなユリアを見て、ネロは指を差して笑っている。

「いや、君は確かに〝神の愛し子〟だよ？」

美しい男性は何故か踏ん反り返るユリアに、またしても優しく話しかける。

「ちがいまちゅ！　ユリアはユリアで、かみにょいちょちこじゃありましぇん!!」

ユリアの大声は里によく響いた。ネロは拘束されたまま器用に体を捩《よじ》りながら笑い、緊迫しているにもかかわらず、皆が笑いを堪える摩訶不思議《まかふしぎ》な状況だった。

「今世の愛し子は馬鹿だね〜？」

ミリーも呆れている。

その時、魔神マーリンと戦神ライディン、それに大賢者ヨルムンドが現れた。彼らは里に漂う異様な雰囲気に首を傾げる。

美しい青年――セラムからは禍々しい気配が消えてポカンとしていて、ミリーは呆れていて、ネロはジタバタと忙しなく動き回り笑い転げていた。

「……どういう状況？」

「わしにも分からん」

「我も」

そんな中でもユリアは自由で、セラムに更に話しかけ始めた。

「あにゃたはだれでしゅか！　にゃをにゃのれ！」

「ブッ……『にゃ』って……猫か！」

遂にツッコミ始めた時の精霊王ミリー。

「……あ、ああ。私はセラムと申します」

そう言って頭を下げる邪神セラムに、マーリンは驚きを通り越して目が点になる。

「チェラム！　ユリアはユリアっていいましゅ！」

「ブッ……知ってるし！」

「もう！　うるちゃい!!」

横で器用にツッコむミリーにプンスカ怒るユリア。同じ背丈で話しやすいのか、ミリーに対しての当たりがきつい。

「ユリアですか……それは失礼致しました。ユリアにお願いがあるんですが？」

「なんでしゅか～？」

何かを言いかけるセラムの前に、マーリン達三人が立ち塞がり、ユリアを自分達の後ろに下がらせた。

「本当にしつこいですね……」

また禍々しい魔力を噴き出すセラムだが、マーリンとライディンの後ろにいるユリアが隙間から出てくる。

「くりょいのやめなちゃい!!」

ユリアが叫ぶと、セラムから放たれていた禍々しい魔力が弾けるように消えた。これにはマーリン達も驚いていた。

「おいおい、神よりも凄いんじゃないか!?」

マーリンがつい拍手をする。

「流石はユリアだな！」

自分のことのようにユリアを誇るライディン。ヨルムンドはそんなユリアにチョコをあげていた。

「……凄い力ですね。その力を使ってユメの魂を探して頂きたいのですが、お願いしても良いですか？」

ユリアに頼むセラムだが、マーリンがユリアに何やら耳打ちをしていた。

「そこ！　何してんのさ!?」

それに気付いたミリーが攻撃をしようとしたが、セラムに手で制止されたので悔しそうに舌打ちした。耳打ちが終わったのか、ユリアがセラムの目を見て大きく息を吸い込んだ。

「タージアンのちとたち……もとに……！　…………もどちゅ!!」

またもやその場が静まり返る。頭を抱えるアネモネと爆笑する妖精コウ。

「あちゃー……難しかったかな？」

苦笑いするしかないマーリンだが、言葉がちゃんと伝わったのかセラムが考え込む。

「ふむ。神には足を踏み入れてはいけない領域がありますからね。タールシアンを滅ぼしたのは神としては悪しき行いでした。しかし、我々は既に堕ちた者ですから、この世界の種族を生かすも殺すも自由です」

セラムの言葉に、マーリンは再びユリアを守るように警戒するが、ユリアはセラムをずっと見つめていた。

「……。そんな目で見ないでください。分かりましたよ。私は邪神に堕ちても〝神の愛し子〟には弱いようです。ミリー、やれますか？」

セラムは横で不貞腐れているミリーを見た。その目はお願いをしている訳ではなく命令しているようだった。

「……分かりました。時間を少し戻します……僕も力が完璧じゃないから数時間しか戻せないけど……それでも間に合うし……」

「それで良いですよ。生きていることには変わりがありません。よろしくお願いしますよ、ミリー？」

セラムの言葉に無言で頷くとミリーは瞬時に消えた。そして暫くすると、タールシアン王国の方角から眩い光が放たれ、すぐに人々の気配を感じ始めたのだった。

「さて、そちらの要望は聞き入れましたよ？　ユリア、ユメの魂を探してください」

そう言ってセラムは懐から大切そうに何かを取り出した。それは、薄汚れた四角くて硬いものだった。

「ユメをこちらに迎え入れた時に持っていた〝スマホ〟というものらしいです」

そのスマホという石のように硬質で、ガラスのような何かが嵌め込まれたものをユリアに渡すセラム。

「ちゅまほ……」

渡されたスマホを受け取ったユリア。その瞬間に壊れていたはずの薄汚れたスマホが光り出して、機械音のような音を鳴らし始めた。

心配したシロ達が近付こうとするが、ユリアは何故かそのスマホに話しかけ始めた。

「こんちは！　ユリアはユリアでしゅ！」

驚いたセラムがユリアからスマホを奪い、震える声で話し始めた。

「ユメ？　ユメなのかい⁉　返事をしておくれ‼」

必死に話しかけるが、スマホは光を失い、ただの薄汚れたものに戻ってしまった。セラムは怒りで禍々しい魔力を噴き出すが、妖精コウがスマホを魔法で浮かせてユリアにくっつけると、スマホは再び光り出したのだった。

「にゃんでしゅか？」

ユリアの頭に引っ付くとスマホが光り、離れると光を失う。ユリアに引っつくとまたスマホが光り出すのでコウが爆笑している。

「ユリアがこのスマホを動かしてんのか⁉」

コウの言葉に反応したセラムが、何かを思いついたのか薄く笑うのだった。

†

少し前、急に消えたセラムを追って魔神マーリン達も消えた。

残されたオーウェンやオーランドなどのルウズビュード国の者達は、ユリアの元へ一刻も早く戻るために、同行していたクロノスの転移魔法で魔族の里へ向かおうとしていた。

「でも、あいつって怖いけど……何で復活したんだろう？」

ゼノスの言葉に皆が考え込む。

「俺達が考えても仕方がない。マーリン達は既に何かに気付いているみたいだしな。そっちは任せて俺達はユリアを守ることに専念しよう」

クロノスの言葉に皆が頷いた。その時だった。

「あー！　面倒臭いなぁ!!」

怒りながら突如としてミリーが戻ってきたので、皆が警戒し戦闘態勢を取る。

「何？　今はあんた達に構ってる暇はないの！」

それだけ言うと、ミリーは何やら呪文を唱え始める。そしてミリーから放たれた眩い光がタールシアン王国全体を包み込む。皆が目を開けると、街が元の姿に戻っていて、人々が不思議そうにルウズビュード国の兵士を見ていた。

カリーニャの部下達は泣いて崩れ落ち、ミリーに何回も頭を下げているが、彼は気にしていないのかすぐに消えていった。

「どういうことだ？」

唖然とするオーウェン。

「分かりませんが、ユリアに何かあったのかもしれません。一旦戻りましょう！」

魔族の長であるルーシアスがそう進言した時だった。

「魔族がいるぞ!!」

「この国に入るな！　不吉な化け物め!!」

子供から老人までが憎しみを込めた目でルーシアスを見ていて、石まで投げつけてくる。

「……先に行っていてください。私はここに残ってタールシアン王国国王と話をしてみます」

「私も行きます！」

「俺達も証言します！」

ルーシアスとナターシャの強い決意に、拘束されていた小鳥遊優弥達、タールシアン兵達も感化されたのか一緒に行くと言って、二人についていったのだった。

「……あの強さなら大丈夫だろう。俺達も急いでユリアの元に向かうぞ！」

オーウェンの言葉に皆が頷き、クロノスの転移魔法で魔族の里に向かった。

「……どうしたんだ⁉」

魔族の里に戻ってきたオーウェン達は、泣きじゃくるルイーザの声を聞いて、嫌な予感が全身を駆け巡った。

「…………」

倒れたアネモネを抱えるジェスも顔面蒼白だ。

「お前達のせいで……ユリアに何かあったらタダじゃ済まないと思え‼」

マーリンの胸ぐらを掴んでいるシロは、いつもの冷静さを失い取り乱している。それは他の魔物も一緒で、クロじいですら我を失っていた。ネオは天虎の姿に戻り、吠えてライディンに攻撃をしようとしていた。

そう。いくら探してもユリアが見当たらないのだ。焦るオーウェンとオーランド、それにチェスターがマーリンに説明を求めると、信じがたい言葉が返ってきた。

「ごめん……セラムに連れ去られて……」

恐ろしい内容を聞いた瞬間に、チェスターがマーリンに飛びかかり殺そうとするが、サンドスが必死に押さえる。

「離せ！　こいつ……黙って見てたのか⁉　おちびが……ユリアに何かあったらどうするんだあ

あーー!!」

暴れるチェスターとは反対に、生きる気力をなくしたように崩れ落ちるオーランド。

「俺も冷静でいられないぞ……そいつを見つけ出せるのか？　ユリアは無事でいるのか!?」

オーウェンの地を這うような声に、ヨルムンドが沈痛な面持ちで話し出した。

「ユリアは確実に無事じゃ……。ユメの魂を探すのにユリアは必要じゃからのう……」

「ユメの魂なんか知ったこっちゃない！　大体、何故ユメという愛し子を助けなかったんだ!?　もし助けていたらこんなことにはならなかったんだぞ!!」

オーウェンの言葉に皆が強く頷き、マーリン達を責める。

「助けたさ!!　でもユメは……」

それから口を噤んでしまうマーリン。オーウェンが怒りのあまり殴りそうになったが、オルトスが寸前で止めた。

「離してください!!　こいつらのせいでユリアが……!!」

悔しそうに泣き叫ぶオーウェンは、倒れたアネモネをジェスから奪い抱きしめる。

ライディンは落ち着いた声で言う。

「セラムの力はまだ完全じゃないとはいえ凄まじい。ここにいる皆を全滅させる力はあった……仕方がなかった」

「ここで暴走されたら、ユリアの目の前で皆が殺されていた……それにあいつらは絶対にユリアを傷つけないじゃろう」

確信するヨルムンドを不審に思い、オルトスが問い詰めようとした時だった。

「それについては私から話そう」

気配もなくこちらに歩いてくる金髪の美しい少年に、皆が警戒態勢を取るが、魔神マーリンと戦神ライディンは少年の前に行くと跪いた。

「この騒動は神の慢心で起きたことだ。申し訳ない」

そう言って頭を下げる少年からは神々しい魔力が溢れ出ていた。

「貴方は……？」

オルトスが恐る恐る尋ねる中、魔物達までもその神々しい魔力に戦意を失う。

「ああ。私は創造神ラズゴーンという」

少年の衝撃的な発言に皆が驚きその場から動けない。

「ユリアは無事じゃ。またあの子も一緒じゃな」

あの子とは誰かと聞こうとしたが、あまりに圧倒されてラズゴーンに近寄れないオーウェン達。

だが、魔物達は違う。代表でシロがラズゴーンの元に歩いていく。

ずっと気になっていたことがあった。

マーリンもヨルムンドも、何故夢という少女のことをはっきり語らないのか？

何を隠しているのか？

それはユリアの前では言えないことなのか？

ラズゴーンの美しい瞳を、シロの獰猛《どうもう》な瞳が捉える。そして、言った。

「徳丸夢は本当に〝神の愛し子〟か？」

書き下ろし番外編

ユリア、とある小国を救う！

これはまだユリアが、〝古の森〟への小旅行に向かう前のお話。

ユリアはフカフカな最高級の絨毯《じゅうたん》に、王女らしくなく大の字で寝転がり、盛大に不満を漏らしていた。

「ひまでしゅ!!」

今日はいつも一緒にいるお友達のカイルとルウが魔法の訓練中で、魔物達も各々忙しく、今いるのはクロじいとシリウス、そしてシロのみだ。竜王クロノスとゼノスは中庭で気持ち良さそうに日光浴をしている。

最初はユリアも一緒に日光浴をしていたのだが、結局ユリアにとっては、ただ動かないだけという地獄のような遊びだったので、静かに室内に戻っていった。

そして、絨毯で寝転がるに至る。

「たあ！（暇よ！）」

同じく王女であり、ユリアのことが大好きな赤子のルイーザも一緒になって寝転がり、盛大に不満を漏らしていた。

そんな幼子二人の両親達はというと、オーウェンはここ最近、オーランドの仕事を手伝っている。

事情があれど、彼は息子に押し付けるような形で、国王という重大な責務を、何の準備もなしに負わせてしまった。そのことを悔やんでいて、今はそれを埋めるように補佐をしていた。

アネモネは、娘のポケットや泥団子から出てくるとんでもない花や薬草を基に研究を始め、今日も没頭している。治らないとされている病気や伝染病などに効き目のある薬を開発中だ。

これに興味を持ったフローリアも参加している。その研究をサポートするのはオルトスだ。

そういう訳で、ユリアやルイーザは現在、シロ達に預けられている。

「ひまでしゅーーー！！！」

叫びながら、ついに絨毯をコロコロと転がり出したユリア。シロは苦笑いで見守り、クロじいは優しく見つめながらお茶を啜《すす》る。

「たあーーー！！！（私も暇ーーー！！！）」

ルイーザもユリアの後を追いコロコロと転がっていく。そんな二人を心配したシリウスが、転がってきた彼女達を止めた。

「ユリア、積み木で遊ぼう？」

「ちゅみきはあちたあしょぶ!!」

シロが提案したが、こだわりの強いユリアは、今日は積み木の気分ではないらしく見向きもしない。不貞腐れる王女二人に手を焼いていると、フェンと妖精コウが昼寝から戻ってきた。

「おい、ユリア！　何で転がってるんだ⁉　ルイーザもか！」

フェンとコウはユリアの周りをぐるぐると回りながら心配する。

「ひまなんでしゅ！」

何故かプンスカ怒っているユリアだが、二人は気にしない。

「暇なら出かけようぜ‼」

コウの悪魔の囁きに、一気に目が輝き出すユリアとルイーザ。

ユリアは嬉しそうに立ち上がると、中庭で遊んだ時にそのまま置いてきた、お気に入りのピンクの肩掛け鞄を急いで取りに行った。

「おい、何処に連れていく気だ？　中庭しかダメだぞ！」

厳しくユリアの行動範囲を制限するシロだが、本当は自由に遊ばせてやりたいのが本音だ。

森を走り回って探検したり、魔物達と触れ合ったりしていた頃のユリアを思い出して、深く溜め息を吐く。

「おいおい、お前達がいて何が心配なんだよ！　俺だってユリアを守れるし！　……ユリアは最近元気がなくて可哀想だろ‼」

コウの怒りに皆が黙ってしまった。そこへやってきたのがジェスだった。初代ルウズビュード国国王でありながら、今はユリアの世話係をしている。

「何だ？　空気が重いぞ？」

「あー！　じぇちゅ！　いまからおでけけしゅるの!!」

中庭から戻ってきたユリアが、いつもの鞄を肩から下げて、お気に入りの麦わら帽子を被った姿でジェスの前に行く。

「おでけけ……おい！　ユリアを連れ出すのか!?」

嬉しそうなユリアを抱っこはしたものの、ジェスは驚いてシロ達に説明を求める。

「今のユリアには我慢をさせ過ぎだ。少しぐらい息抜きをさせないと可哀想だろ？」

シロの冷静な意見に、耳を傾けるジェス。確かに最近はずっと寂しそうにしていて元気がないように見えた。だが、今のユリアは、出会った頃のように満面の笑みで楽しそうだった。

「……ユリア、楽しみか？」

「うん！　ユリア、ぼーけんしゅるのーー！」

「たあ！（私もよ！）」

嬉しそうに小躍《こおど》りするユリアと、シリウスに抱っこされて頷くルイーザを見て、ジェスは何かが吹っ切れたようだ。

「よし！　帰ったら怒られような!!」

「えー!?　おこられりゅのいやでしゅ!!」

哀れにもお断りされるジェスであった。

お出かけが決定してから、ユリアは鼻息荒く興奮が冷めない。ルイーザもお揃いの麦わら帽子を被って嬉しそうにシリウスに抱っこされていた。

早速シロ達がメンバーを決めていく。今回一緒に行くのは、ユリアとルイーザ、そしてシロにクロじい、ジェスとシリウス、フェンと妖精コウだ。

クロノスとゼノスはスヤスヤと中庭で気持ち良さそうに眠っていたので、存在を忘れられて置いていかれた。

女官に事情を話すと面倒なので、ジェスが短い置き手紙を残していく。

「よし！　行くぞーー！」

妖精コウが呪文を唱えると、黄色い光が皆を包む。

「そういえば何処に行くんだ？」

シロがコウに聞くが、恐ろしい言葉が返ってきた。

「適当だよ！」

コウの言葉を聞いて、シロ達がユリアを抱えて急いで光から出ようとしたが、もう遅かった。皆を眩い光が包み込んで、一瞬で消えてしまったのだった。

次の瞬間、何故か焼け焦げた臭いが鼻についた。

皆が目を開けると、信じられない光景が飛び込んできた。広場のような場所だが、周りは焼け野原で、建物だったものは崩れ落ちていた。だが、不思議なことに人がいない。遺体さえもないのだ。

「とんでもない所にユリアとルイーザを連れてきたな……」

シロが妖精コウを捕まえて低い声で言う。

「俺は適当に決めただけだ！」

羽を掴まれたコウは動けないながらも猛抗議する。フェンはというと、辺りを興味深く見回していた。

「これは何か嫌な予感がするのう」

クロじいは何か感じたのか考え込んでいる。

ユリアはジェスに抱っこされているが、焦げ臭さと立ち上る煙にやられたのか、涙目で鼻を摘まんでいた。

「くちゃい……」

「たあ！　たた！（何なのよ！　誰かいないの！）」

ルイーザも鼻をつまみ、シリウスに抱っこされながらも必死で叫んでいる。

「下から気配がする……」

シリウスが地面を指差して呟いた。

「確かに地面の下に何人もの気配がするぞ」

ジェスが気配を追って歩き出したので、皆も後を追う。真っ先に先頭に立って走り出したのはフェンだ。匂いを嗅ぎながら奥に進んでいき、一番大きな瓦礫《がれき》の前で止まった。

『ここだじょ!!』

尻尾を振りながら自信満々に宣言するフェン。

多分ここにはこの辺りで一番大きな建物があったのだろう。地下を探そうにも瓦礫が邪魔で探索が出来ない状態だった。

「俺が魔法で瓦礫をどかす！」

妖精コウがそう言い軽く指を鳴らすと、瓦礫が光り出してフヨフヨと浮かび、意思を持ったように動き出した。

「キャー!!　しゅごい!!」

その光景を見て嬉しそうに拍手するユリアと、ドヤ顔のコウ。そしてものの数分で地面が見えてきた時だった。

「何か来るぞ」

シロが背後を見て警戒する。ユリアを自分の後ろに隠して、ルイーザを抱っこしたシリウスも後ろに下がり様子を窺う。先頭に立つのはクロじいとジェス、それに威嚇するフェンだ。

煙の奥から見えてきたのは、馬に乗った何百人もの兵士達だった。

「おい！　何故死体がないのだ⁉」

一際目立つ真っ赤な鎧を身につけた男性が、怒りを露わにしていた。

「分かりません……偵察《ていさつ》した時には確かに領民がおりました！」

「うるさい！　私に楯突《たてつ》くのか⁉　どう見てもいないではないか‼」

男性は報告した兵士を蹴りつける。周りの兵士達は悔しそうに、そして懸命に何かを我慢しているようだった。

「お前……まさかダグラスに情報を流したのではあるまいな？」

蹴られて馬から落ちた兵士を睨み付けた男性は、急に剣を抜いて兵士の首元に突きつけた。

「アービン王子！　おやめください‼」

他の兵士が止めようとした時だった。

「やめなちゃい‼」

突然目の前から幼子の声がして驚く兵士達。何の気配もしなかったところに、数人の男と老人、そして二人の幼子達がいきなり現れた――彼らにはそう感じられた。

「貴様達は何者だ‼　ここの領民ではあるまい⁉」

真っ赤な鎧を身につけた男性が、警戒しつつ尋ねてくる。

「この惨状はお前達の仕業か？」

怒りに満ちたシロの静かな問いに、息を呑む男性。

「ユリアが楽しみにしていた冒険をぶち壊したのはお前かと聞いているんだが？」

何も言わない男性に痺れを切らしたのか、シロはほんの少しの魔力を解放して威嚇する。その膨大過ぎる魔力に圧倒されて、男性と兵士達は震えが止まらなくなった。彼らの乗っている馬は目の前にいるシロにただならぬものを感じ、主達の意思を無視して一目散に逃げ出した。

「おい！　戻れ……くそ！　お前達、覚えておれ！　必ず戻って不敬罪で捕まえてやるからな！」

男性はそう言い残して、兵士達と共に姿が見えなくなった。

「あいつらがここを攻撃したんだな」

ジェスが辺りを見回しながら言うと、フェンが瓦礫を撤去したうちのとある箇所を一生懸命に掘り始めた。

「ここか」

シロがフェンに声をかけると尻尾を振りながら頷いた。シロやクロじいが念入りに調べると、強力な幻影魔法と隠蔽《いんぺい》魔法がかかっていることが分かった。

「この下にこの街の領民が避難しているのか？」

「ふむ。この人数はそうじゃろう……」

シロとクロじいが、ユリアを連れて一旦帰ろうか相談しようとした時だった。ユリアが魔法がかかっている場所に何気なく手を差し出した。すると眩い光が辺りを包み込み、何かが破れるような音がしたと同時に光が収まった。

「おいおい、ユリアよ」と苦笑いするジェス。

ユリアの足元に、今まで隠されていた階段が姿を現したのだ。

「かいだんでしゅよ！　ぼうけんしましゅ!!」

「おい、待て！　まずは安全確認してからだ」

鼻息荒く一人で入っていこうとするユリアを一旦抱っこするシロ。

「たあ！　たああ！（さあ！　私の出番よ！）」

ここにも鼻息を荒くする赤子がいたが、シリウスが決して離さない。

「まぁ、落ち着けって！　俺とシロが先頭を行くから少し下がってついてこいよ！」

妖精コウの発言に、渋々だが頷く幼子二人。そして皆は謎の階段を警戒しながらも下りていったのだった。

階段を下りると、そこには屈強な男達が数人いて、武器を持ち警戒するようにユリア達を囲んだ。

「お前達は何者だ!?　どうやってこの魔法を解いたんだ!!」

「俺達は散歩中にここに迷い込んだんだ。こんなことに巻き込まれて迷惑なのはこちらの方だ」

シロが溜め息を吐きつつ妖精コウを睨み付ける。

睨まれたコウは目を逸らして口笛を吹いていた。だが、屈強な男達が驚いたのはシロの言った内容に対してではなく、飛び回っている妖精コウの存在だった。

「おい……あれは妖精か？」

「いや！　妖精など存在しないだろ……魔法か何かだろ……」

唖然とする男達をよそに、この先が気になる冒険大好きっ子のユリアはソワソワしている。

「シロ！　はやくいきましゅよ!!」

「ああ、そうだな」

シロを引っ張る形で先に進もうとするユリアだが、我に返った男達が道を塞ぐ。

「もう！　どいてくだしゃい！」

プンスカ怒るユリアは、鞄からあるものを取り出した。

「ちゅーこーちょ」

幼子の言葉が分からず、男達は首を傾げる。

「通行証だ」

シロが通訳する。

ユリアが持っているカードには、丸が沢山書いてあるだけだった。

「何だこれ……まるか？　まるがいっぱいあるな……」

カードを受け取った屈強な男の一人が、聞こえるか聞こえないかの声で呟いたが、それを聞き逃さなかったユリアが怒り出した。

「まるじゃにゃい！　これはユリアのおかおでしゅ!!」

「……そうか、すまんな」

「こっちはユリアのにゃまえ！　こっちははんこでしゅよ！」

ユリアはしゃがんだ男からカードを奪い、一つ一つ説明を始めた。

「通行証っていうより自己紹介カードだな……」

幼子の迫力にタジタジの男達の呟きを聞いて、妖精コウは爆笑する。

「おい、俺達はお前達の敵でもないし味方でもない。どういう状況かは知らないがアービンとかいう馬鹿そうな奴なら追い出したぞ？」

「アービン王子を追い出したのか!?」

ジェスの言葉に男達は驚愕する。

リーダー格の男が少し考え込むと、後ろにいた男に指示を出す。

「レージスト様を呼んでこい」

その言葉に男は頷いて、急いで通路の奥に走っていった。

ユリアはその後を何食わぬ顔で追おうとするが、またしてもシロに抱き上げられて不貞腐れてしまった。

そんなユリアを励ますシリウスとルイーザだったが、シリウスが何か余計なことを言ったのか、ルイーザが怒り始めた。

それはシロ達にとっては見慣れた光景だったが、ここにいる男達には非常にカオスな光景に映る。

自分より年上の幼子を励ます赤子や、大人が赤子に怒られて謝っている様子は奇妙なのだろう。

そこへ先程の男性が戻ってきて、その後ろからこれまた厳《いか》つい壮年の男性がやってきた。あまりに背が高いのでユリアが頭をぐいっと反らして見上げている。

「貴殿《きでん》らがアービン王子を追い出した者達か？」

壮年の男性が警戒するようにシロ達を見ている。

「ああ、向こうが勝手に逃げただけだがな」

「……。私はこのダグラス領を治める領主レージスト・ダグラスだ。此度《こたび》は貴殿達からしたら偶然とはいえ、我々は助かった。ありがとう」

レージストが頭を下げると、後ろにいた男達も一斉に頭を下げた。そんな男達を見て、ユリアも頭を下げ始めた。

「はやくいきましゅよ！」

そしてレージストを引っ張り、奥に進むように促すユリア。そんなユリアを見てレージストが微かに顔を歪めたのを、シロ達は見逃さなかった。

「ユリアに何かしたらタダじゃおかないからな？」

ユリアにバレないように殺気を放つシロやジェスに、周りの男達が武器を取ろうとするがすぐにレージストに止められた。

「やめなさい、子供が見ている。……勘違いさせてしまい申し訳ない。私にもこの子ぐらいの孫がおってね……だが病気で先が長くないんだよ」

悲しそうに話すレージストだが、気を取り直して奥に進み始めた。

「ここに領民を避難させたのは良いが、食料があと数日で尽きそうだったんだ。アービン王子達がいない今を見計らって調達しよう」

「はい！　俺達が行ってきます!!」

そんな会話を聞きながら奥に進んでいくと、巨大な空間が姿を現して、そこでは何百人もの領民が簡易テントで生活していた。皆がレージストに頭を下げているが、覇気がなく生きる気力を失っているようだった。

ユリアが、一際大きいテントからこちらを覗いている同じくらいの年の女の子を見つけたので手を振るが、その子は手を振り返そうとした瞬間に咳き込み倒れてしまった。

それに気付いたレージストが急いで走っていき、女の子を大事そうに抱えた。

「アンリ！　寝ていなさいと言っただろう！」

苦しそうにしながらもユリアに手を振るアンリを見て、周りの男達や他の領民が沈痛な面持ちになる。そこにユリアもやってきて、苦しそうに咳き込むアンリに向かって例の呪文を唱え始めた。

「いちゃいのとんでけーー!!」

「ああ、ありがとう。アンリも楽になったな」

そんな健気なユリアに、レージストが優しく御礼を言った時だった。抱えていたアンリが淡く光り出したのだ。それを見たシロやジェス、クロじいは苦笑いだ。

皆が光り出したアンリに驚いたが、不思議と優しく包み込むような光に周りも癒されていく。そして……

「……ありぇ？　くるちくない!!」

アンリは唖然とする祖父のレージストから降り、嬉しそうに走り回る。そんなアンリの後ろをユリアも嬉しそうに走っていて、ルイーザもシリウスごと走り回っていた。

レージストはその光景を見てもなお信じられないでいた。孫であるアンリは不治の病に侵《おか》されていて、余命宣告も受けていたのだ。なのに今は血色も良く、咳き込むこともなく元気に走り回っている。

「ああ……神よ！　こんなことが……奇跡だ！」

涙を流し天に祈り出したレージストと領民達に、妖精コウが勘違いを訂正しようとするがシロ達に止められた。

「何でだよ！　どう見てもユリアのお陰だろ!?」

「大事《おおごと》にはしたくない。この国はきな臭いからな」

シロにそう言われて、不満ながらも従うコウであった。

そして、ユリアは元気になったアンリとルイーザ、そしてフェンと共に走り回って遊んでいた。

コウはこの国の人々に、誰かの魔法によって生み出されたよく出来た幻だとしか思われていなくて大層ご立腹だ。

「俺は魔法で作られてなーーい!!」

パタパタとコウが飛び回るたびに領民から拍手が起こる。

そんな和やかな光景を見ながらもシロ達は、レージストからこの国の内情を聞かされていた。

「全ては一年前に国王陛下が倒れたことから始まった……」

歌と芸術の国として有名なこの国、シェブラナ小国は、世界で活躍する多くの舞台役者や音楽家、芸術家を生み出してきた。各国から数多の夢追う者達がこの国への留学を希望するというが、非常に狭き門らしい。

そんなシェブラナ小国をここまで夢のある国にしたのは現国王であり、レージストの唯一無二の友でもあるアーノルド・シェブラナであった。彼は国王でありながら、その名を知らない者はいないという程の創作ダンスの第一人者でもあるのだ。

「だが、アーノルドは創作ダンスは一流でも、子を育てるのは三流だった」

アーノルドには子が三人いた。第一王子のアービン、第二王子のアース、第一王女のアーシャだ。

王妃を病で失ってからは、彼はなるべく自分の手で三人の子を育ててきた。

だが、その中でもアービンは昔から権力で弱い者を捩じ伏せて、傍若無人《ぼうじゃくぶじん》に振る舞っていた。

そんなアービンを危険視したアーノルドは貴族達と話し合い、彼を次期国王候補から外した。

それからすぐに、アーノルドが倒れたのだ。そのうえ、不幸にも、第二王子であるアースも森に訓練に行ったきり、行方が分からなくなってしまった。第一王女のアーシャが懸命に捜索したが未だに見つかっていない。

「国王の病、そしてアース王子の失踪。結局アービン王子が実権を握っている状況だ」

悔しそうに話すレージスト。

「どう考えてもアービンが怪しいだろう」

ジェスが呆れている。

「ああ、私も調べてみたが、国王側近やアース王子を支持する貴族達だけが、次々と不正などが発覚して謹慎《きんしん》させられている」

国王側近で軍団長であったレージストに対しての追及は特に酷く、軍予算の横領から始まり、女性兵士へのセクハラ行為までありとあらゆる罪の疑いで拘束されそうになった。

領地にいる家族にも危険が及ぶと協力者に聞いていたレージストは、急いで領地へ戻ったのだった。

「すぐに息子に事情を話した。そして領民を地下に避難させて、強力な幻影魔法と隠蔽魔法をかけて何とかなったが……」

そう言ったきりレージストは黙ってしまった。そんな彼を見ていた、先程の屈強な男達のリーダー格である男性が代わりに話し出した。

「レージスト様のご子息であるダイアン様と、その奥様のアーシャ様が魔力切れで瀕死の状態なのです……」

「ふむ。アーシャというとまさか……？」

クロじいの推測に頷く男性。

「そうです。第一王女のアーシャ様です。ダイアン様に嫁いで幸せに暮らしていたんですよ！　なのにこんなことになって……全部アービン王子の仕業だってのに!!」

男性は悔しそうに泣き崩れる。それを聞いていた周りの領民達もまた暗い顔に戻ってしまった時だった。信じられないことがまた起こった。

「父上！」

「レージスト!!」

そこへ瀕死状態だったはずのダイアンとアーシャがこちらに向かって元気良く走ってきた。ダイアンはこちらに手を振るアンリとユリアを小脇に抱えて、アーシャは何故かルイーザを抱っこしていた。その後ろからシリウスとフェン、妖精コウがやってきた。

「ダイアン！　アーシャ様!!」

レージストは信じられない光景に驚いて動けないでいた。奇跡がこんなに起きて良いのかという程続いて思考が追いついていない。周りの者達も涙を流して喜んでいた。

「父上！　苦労をおかけしました！　でも、もう一人で背負わないでください！　この奇跡の子が我々を良い方向へ導いてくれるはずです！」

ダイアンはそう言ってアーシャと頷くと、ユリアに頭を下げる。

†

それは少し前に起こった。

元気に遊んでいた子供達だったが、アンリが両親を探し始めたのだ。

「かーさまとと一さまがいない……」

この地下に来る前は、両親は病気のアンリの側を離れたことがなかった。それが今はいないので不安になっている。

そんなアンリを心配して励ましていたユリアが、急に立ち上がり行動を起こす。

「しゃがちましゅよ！」

「たあ！（行くわよ！）」

ルイーザも探す気満々で、シリウスに色々と指示を始めた。

「こっちから命が尽き掛けてる者の気配……」

「たああ!!（空気を読めや!!）」

無遠慮な物言いのシリウスの頭を殴りながらプンスカ怒るルイーザ。ユリアはアンリと手を繋ぎ、シリウスが指差した近くのテントに入っていった。

「かーさま！　とーさま！　うぅ……おきて……うぅ……」

そこには簡易的なベッドが二つあり、青白い顔をした男女が眠っていた。アンリは二人に近付いてポロポロと泣き出してしまった。

「このちとたちがかーしゃんとと一しゃん？」

「うん……」

悲しそうに頷くアンリを見たユリアは、二人の元へやってきてまた例の呪文を唱えた。

「おー！　ユリアがまた何かやってるぞ!!」

『おまじにゃいだじょ！』

テントに入ってきた妖精コウとフェンが応援を始める。

「いちゃいのとんでけーー!!」

すると、苦しそうな両親が淡く光り出して、見る見るうちに血色が良くなり始めた。そして……

「あら？　私はどうしたのかしら……って……えーーー！！！」

「何だ!?　敵襲か!!　……えええええ!!」

「うるちゃい！」

起き上がったと思ったら急に騒ぎ出した男女を、ユリアはプンスカと怒る。だが、両親の視線はアンリに向けられていた。

「アンリ……ああ！　こんなに元気になって！」

「これは奇跡だ!!」

アンリを抱きしめて泣き出す両親だが、強く抱きしめられたアンリは非常に苦しそうだ。

「おい！　アンリが苦しそうだぞ！」とコウが男女に猛抗議する。

「たあああ!!（アンリが潰れるわ!!）」とルイーザも同調している。

それでようやく気付いた両親はアンリを解放する。

「うぅ……しにゅかとおもいまちた……」

アンリの発言に爆笑するコウだが、両親はそんなコウを驚愕の表情で見つめる。

「アーシャ……あれは妖精かな？」

「まさか……誰かの魔法でしょう？」

落ち着きを取り戻したアンリの両親、ダイアンとアーシャは娘が元気になったことを涙ながらに喜んでいた。

レージスト達には神の奇跡で通じたが、ここにいるのは残念なことに正直な者達だけだった。シリウスが無表情なまま、先程のことをありのままに話してしまった。ルイーザも何故かドヤ顔だ。

話を聞いたダイアンとアーシャは、アンリと共に謎のユラユラダンスをしていたユリアの元にすっ飛んでいくと、その場で平伏した。

「ユリア様！　この度はアンリや我々を助けてくださり誠にありがとうございます!!」

「げんきになってよかったでしゅ!!」

その後も、ユリアの優しい言葉に涙を流して礼を言い続ける二人だった。

「ユリア様は、神の遣いなんですね!! アービン王子を必ず捕らえます……平和な国を取り戻すために!!」

「かみにょつかいじゃにゃいよ? ユリアはユリアでしゅ!」

そう言って何故かドヤ顔をするユリアと、横で拍手するアンリ。

「アービンってあの真っ赤な鎧を着てた奴か!! 悪そうな感じだったな!!」

コウが先程の鎧の男性を思い出していた。

「わるいちと?」

「はい! アービン王子を止めないといけません!」

ユリアの問いに強く頷くダイアンとアーシャ。ユリアは横にいるアンリも見た。アンリも両親の真似をして強く頷いた。

「わかりまちた! ユリアはわるいちとをやっちゅける!」

そう言った瞬間に、偶然なのか、地下なのにユリアに後光が差した。その神々しい姿に、勝利を強く確信するダイアンとアーシャであった。

ダイアン達から話を聞いたレージストは衝撃を受けていて、シロ達はというと頭を抱えることになった。ダイアンの側で、ユリアがやる気満々でパンチの練習をしていた。

†

「今帰る訳にはいかないか？」

「シロよ、わしはあんなユリアに帰ろうとは言えんぞ？」

クロじいの言葉に皆も頷く。こうなったら早くアービンという王子を捕まえるしかない。

「おい、王都は近いのか？」

「はい。ここから馬で二時間もあれば着きますが……ここには馬がおりません」

「ああ、必要ない」

そう言うと、シロはユリアの周りを飛び回っている妖精コウを素早く捕まえた。

「おい！　何だよ！」

「今回はお前が俺達をこの国に連れてきたんだ。責任を取ってくれるよな？」

シロに圧をかけられてコウの目が泳ぐ。

「な……何をしろって言うんだ！」

「ユリアが心配だ。さっさと終わらせたいから王都まで転移してくれ」

そう言われたコウは、目をつむって王都までの距離や位置を調べ始めた。

「分かったぞ！　ここからそう遠くないな！　早く行くぞ!!」

ユリア達と行動を共にするのは、レージストとダイアンにアーシャの三人だ。アンリは危険だからとこの場に残ることになった。

屈強な男達がこの場を守り、万が一のことを考えてクロじいにもここにいてもらうことになった。

シロ、ジェス、ルイーザ、シリウスは王都についていく。

アンリは泣くのを我慢してレージストやダイアン、アーシャと抱き合って、最後にユリアと手を繋いで再会を約束した。

「よし、行くぞ！」

コウの周りに集まった瞬間に淡く光り出して、ユリア達は一瞬で消えたのだった。


眩い光が収まったので、皆が恐る恐る目を開けると、そこは薄暗い何処かの屋敷の室内だった。

「おい……ここは何処だ？」

「お……俺はちゃんと王都に来たぞ！」

シロに睨まれてタジタジのコウ。

「あしょこにだれかいりゅ！」

ユリアが指差した方向には大きなベッドがあり、誰かの苦しそうな呻き声が聞こえてきた。

「あれは……お父様⁉」

驚いてベッドに駆け寄るアーシャ。

「ここは国王の私室か！　病に臥《ふ》せてからは会わせてもらえなかったが……アーノルド……！」

悔しそうに拳を握るレージストと、国王のあまりの変わり果てた姿に愕然とするダイアン。

国王であるアーノルドは、以前は五十代とは思えない若々しい姿をしていたが、今は髪は白くなり、目は落ち窪《くぼ》み、頬は痩《こ》けて青白く、生きているのが不思議な程に衰弱して見えた。

「たああ！（ユリア！）」

ルイーザが呼ぶと、ユリアがよちよちとベッドにやってきた。そして今日三回目の呪文を唱えた。

「いちゃいのとんでけーー‼」

すると、アーノルドが淡く光り出して、髪は艶《つや》のある金髪に、目はシワひとつなく、頬も赤みが戻り始めた。

この幼子の信じがたい奇跡を見て開いた口が塞がらないレージストと、泣いて礼を言うアーシャとダイアン。

「ん……ん？　なんか元気百倍なんだが‼」

アーノルドはそう言って飛び起きると、すぐに不思議な小躍りを始めた。

今度はシロ達の開いた口が塞がらない。ユリアも寝巻き姿のおじさんがいきなり踊り出したので、驚いて目が点になっていた。妖精コウは指差して爆笑していて、フェンは興味がないのかシロの足元でウトウトしていた。

「たあ……！（何なの……！）」

ルイーザもシリウスに抱っこされながら驚愕していた。

「ユリア……なおせぇなかった!!」

そう言って崩れ落ちたユリアに、シロやジェスはつい噴き出してしまう。

するとと、踊り続けるアーノルドにレージストが鉄拳をお見舞いした。

「何をするんだ……！　って、余《よ》は確か苦しくなって倒れたはずじゃが……」

「そうだ！　心配かけおって……本当に良かったぞ、我が友よ！」

今度は涙を流すレージスト。

それを見て、朧《おぼろ》げに何があったか思い出したアーノルドは、深い悲しみと怒りで複雑な感情になっていた。そんな彼は、やっとここに知らない者達がいることに気付いた。

「そこの者達は？」

そこでレージストやアーシャから事情を聞いたアーノルドは、姿勢を正して深く礼をする。

「幼子並びに旅の者達……この度は本当にありがとう。アービンの悪行は許されることではない……余が終わらすぞ」

「ええ……でもアースも行方不明になったのよ。考えたくないけど……アービン兄上が……」

アーシャは涙を流しながら弟であるアースに起こった出来事を話す。

「ああ！　アースなら大丈夫だ！　余が内密に命じて他国に避難させた!!」

堂々と言うアーノルドに、レージストが――今度はアーシャも加わって――思いっきり鉄拳を喰らわす。見ていたダイアンも止めなかった。

「何で言わないのよ！　どんなに心配したか!!　このダンス馬鹿親父!!」

「本当だ！　全く、とんだダンス馬鹿野郎だ!!」

アーシャの怒りの文句にレージストも追随する。

「おい、余は国王だぞ！　うぅ……たんこぶが出来たぞ!?　言おうとしたが、直後に倒れてしまったんだからしょうがないだろ！」

頭を摩りながら、ベッドから降りてユリアにたんこぶを治してくれと図々しく頼むアーノルドを見て、呆れるしかない一同。ユリアも無言で首を横に振ったのだった。

†

「おい！　これからは留学に来る者から多額の金を徴収《ちょうしゅう》しろ！」

その頃、第一王子アービンは玉座に堂々と座り、自分の選んだ側近達と今後の政策を考えていたが、どれもまともとは言えない内容だった。

「国民の税も増やせ！　払えない者は奴隷落ちにして他国に売るのも良いな！」

そう言いながら下品に笑うアービンとその側近達だが、次の瞬間に、謁見の間の重厚なドアが蹴破られ、入ってきた者達を見て驚愕することになる。

「余が動いているのがそんなに驚くことか？」

飄々《ひょうひょう》としているようで、アーノルドの視線は厳しい。

「あれは治療薬がないはず……!!」

馬鹿なのか、アービンは口を滑らせてしまう。

「あら、本当に馬鹿なのね！」

アーノルドの後ろからやってきたのは、アーシャとダイアン夫妻、そして天敵のレージストだ。

そして、数時間前にダグラス領で出会《でくわ》した謎の者達とも予期せぬ再会を果たしてしまった。

「わるいちと!!」

大人達に交じっていて目立つ幼子と赤子が、アービンに挑むような視線を送ってきた。

「生意気なガキが!!　兵よ！　何をしているのだ!!」

アービンが何度も兵士を呼ぶが、誰一人として来ない。レージストの部下達は全員降格させて、現在は自分の息がかかった者を身辺に置いていたはずだ。

「お前の兵士達なら……」

そう言ってレージストが指を鳴らすと、彼の部下が拘束された兵士を連れて入ってくる。その部下達は、先程ダグラス領でアービンから罵られていた者達だった。

彼らも裏でレージスト達に協力していたのだ。聞いた情報をレージストに流し、今回は国王も回復してダグラス領の者達も無事と聞いて、一緒に奮起したのだ。

「くそ……お前達も行け！」

側近達に指示を出すアービン。側近の一人が卑怯にもユリアを人質にしようと近付いていく。

「わるいちと！　ていやーー!!」

そんな側近に思いっきりパンチを繰り出すユリア。静かな沈黙の後に、アービンと側近達の馬鹿にしたような笑い声が響くが、ユリアに近付いた側近が物凄い勢いで後方に吹っ飛ばされて壁にめり込んだ。

目が飛び出る程に驚いたアービンと側近達。流石にアーノルドやレージスト達も、想像もしていなかった攻撃に口をパクパクさせている。

「わるいちと、かくごちてくだしゃい！」

またもパンチする仕草をしたユリアを見て、一斉に逃げ出そうとする側近達だが、ジェスやシロに魔法で拘束されて逃げられない。しかも吹っ飛んだ先で、更にシリウスの悍ましい幻影魔法を喰らい、精神が崩壊状態になる。

一人残されたアービンは、この場からどう逃げ出そうか考えていたが、父親であるアーノルドは剣を抜いて息子に近付いていく。

「俺を殺すのか⁉ あんたの息子だぞ！ アースもいないのに誰がこの国の王になるんだ！」

「お前だけが悪いとは言わない。余も育て方を間違えた、だから余の責任でもある」

涙を流しているアーノルドを見ても、アービンは反省するどころか罵るばかりだ。そんな兄を、アーシャが怒り心頭で思いっきり殴りつけた。

気絶したアービンは側近達と共に拘束されて、刑を執行されるまで地下牢に入れられることとなった。

静まり返る謁見の間で、元気がないアーノルドにユリアがよちよちと近付いていく。

「だいじょぶー？」

幼子に励まされて、アーノルドは一度だけ深く深呼吸をすると思いっきり踊り出した。独特過ぎる創作ダンスに、妖精コウは笑いが止まらず、シロ達は嫌な予感がしてユリアを見る。

すると、やはりと言うべきか、ユリアは何故か対抗心を剥き出しにして、自分の考案（？）した創作ダンスを踊り出した。

「ゆらゆら〜ゆらゆら〜」

ユラユラダンスだ。それを見たルイーザも、シリウスに抱っこされたままユラユラダンスを踊っていた。

「おお!! 究極の無を表現したようなダンス……素晴らしい!!」

ユリアの横で一緒にユラユラダンスを踊り出したアーノルドを見て、頭を抱えるレージストとアーシャ。呆れる一方で、終わりの見えなかった絶望が、一人の幼子によって奇跡のように解決したことが信じられないでいた。

改めてお礼を言い、満面の笑みで〝良いよ!〟と笑う幼子への感謝を忘れずに、この国の平和を守っていこうと心に誓った。

それから、レージストはダグラス領に戻って、事の顛末を領民達に説明した。歓喜の声が上がり、ついにはユリア達を拝み始めたので、シロ達は急いでルウズビュード国に帰る準備を始める。

別れ際、ユリアはアンリと泣きながら再会を約束して、皆に感謝されながらルウズビュード国に帰っていった。

「そういえば、彼らの素性を聞きませんでしたね」

ダイアンが今更ながら気付いた。

「ああ、彼らは本当に神の遣いかもしれんな」

そう言って笑うレージストだった。

その頃、戻った一行を待ち構えていたのは、アネモネとフローリアの母親コンビであった。最強の魔物シロ、クロじい、シリウスに伝説上の存在とされる妖精のコウ、初代ルウズビュード国王ジェスが床に横並びに正座して説教されている光景は圧巻だったと、のちにオーウェンが語った。

シロはシェブラナ小国に行ったことは伝えず、ただピクニックに行っただけだと、苦しい言い訳をした。

それから数日間、ユリアとルイーザは謎のダンスを踊り続け、それに感化されたカイルとルウまでそのダンスを踊り始めた。

あまりに奇妙なダンスなのでアネモネやフローリア達が原因を探ろうとし、その間、生きた心地がしなかったシロ達であった。

†

ダンスブーム中のある日のこと。ユリアはアネモネの実家に滞在しており、リビングで寛いでいた。

「おちび！　お前また変なダンスを踊ってるんだってな!!」

「おちびじゃにゃい！　みたいでしゅかー？」

チェスターに話しかけられたユリアは、ソファーから立ち上がると、踊る準備を始めた。

「別に見せなくていいから、昼寝しろ！　俺も昼寝するぞ！」

そう言って寝転がろうとするチェスターだが、ユリアがよじ登ってくる。

「おくちゅはぬいじゃダメでしゅよ!!」

そう言って鼻を摘まむ仕草をする孫。

「まだ言ってんのか!?　もう臭くねーよ！」

必死に靴を脱がせまいとするユリアと、脱いでリラックスしたいチェスターの攻防が始まる。

「あにちはくちゃいの！」

「ああ？　俺が臭いみたいな言い方するなよ！」

そのやりとりを側で見ていたアネモネと、母方の祖母のエリーは笑いを堪えて肩を震わせる。

「ぜったいぬいだらダメ！　みんにゃしんじゃう！　うわーーん!!」

「おいおい！　何で泣くんだよ！　死ぬって失礼な孫だな！」

盛大に泣き出したユリアに慌てふためいたチェスターが、禁断の言葉を口にしてしまう。

「脱がないから泣きやめ！　そうだ！　お前の踊りを見たくなったなー！」

「ヒック……ほんとでしゅか……？」

泣きやんだのを見てホッとしたのも束の間、ユリアが嬉々として踊りの準備を始めた。そして始まった独特過ぎるダンスに、チェスターは飲んでいたお茶を噴き出してしまう。

「お前はまた変な踊りを……」

そう言いながらも、中毒性のある踊りから目が離せないチェスターと、嬉しそうにダンスするユリアであった。

Re:Monster
リ・モンスター
1〜9・外伝 8.5
暗黒大陸編1〜3
金斬児狐
Kanekiru Kogitsune
シリーズ累計150万部（電子含む）突破！
2024年4月
TVアニメ放送決定!!
ネットで話題沸騰！
怪物転生ファンタジー
最弱ゴブリンの下克上物語 大好評発売中！
コミカライズも大好評！
Re:Monster リ・モンスター
【小説】 1〜9巻／外伝／8・5巻
◉各定価：1320円（10％税込）
◉illustration：ヤマーダ
新章
Re:Monster 暗黒大陸編 リ・モンスター
【小説】 1〜3巻（以下続刊）
◉各定価：1320円（10％税込）
◉illustration：NAJI柳田
Re:Monster リ・モンスター
【漫画】 1〜10巻（以下続刊）
転生したのは…最弱ゴブリン!? 異世界下克上サバイバルファンタジー
累計23万部突破!!
待望のコミカライズ!!
◉各定価：748円（10％税込）
◉漫画：小早川ハルヨシ

異世界ゆるり紀行
～子育てしながら冒険者します～
1~15
水無月静琉
Minazuki Shizuru
シリーズ累計110万部（電子含む）突破!!
2024年待望のTVアニメ化!
1～15巻 好評発売中!
コミックス 1～8巻 好評発売中!
子連れ冒険者ののんびりファンタジー!
神様のミスで命を落とし、転生した茅野巧。様々なスキルを授かり異世界に送られると、そこは魔物が蠢く森の中だった。タクミはその森で双子と思しき幼い男女の子供を発見し、アレン、エレナと名づけて保護する。アレンとエレナの成長を見守りながらの、のんびり冒険者生活がスタートする!
異世界ゆるり紀行 ～子育てしながら冒険者します～
水無月静琉
転生したら双子を保護しました。
子連れ冒険者の異世界のんびりファンタジー!
特別賞受賞作!
異世界ゆるり紀行 ～子育てしながら冒険者します～
水無月静琉
みずなともみ
1
転生したら、幼い双子を保護しました。
シリーズ累計15万部!!
子連れ冒険者の異世界のんびりファンタジー、コミカライズ開幕

風波しのぎ
Kazanami Shinogi
シリーズ累計
250万部！
（電子含む）
THE NEW GATE
ザ・ニュー・ゲート
01～22
2024年 待望の
TVアニメ化！
コミックス
1～13巻
好評発売中！
デスゲームと化したVRMMO－RPG「THE NEW GATE」は、最強プレイヤー・シンの活躍により解放のときを迎えようとしていた。しかし、最後のモンスターを討った直後、シンは現実と化した500年後のゲーム世界へ飛ばされてしまう。デスゲームから"リアル異世界"へ——伝説の剣士となった青年が、再び戦場に舞い降りる！
漫画：三輪ヨシユキ
各定価：748円（10%税込）
デスゲームから500年後のゲーム異世界へ
絶対覇者降臨
新たなる無双伝説開幕!!
シリーズ累計15万部！
大人気ファンタジー待望のコミカライズ！
各定価:1320円（10%税込）
1～22巻好評発売中！
illustration：魔界の住民（1～9巻）
KeG（10～11巻）
晩杯あきら（12巻～）
アルファポリスHPにて大好評連載中！
アルファポリス 漫画
検索

ファンタジーは知らないけれど、
何やら規格外みたいです
Fantasy ha shiranai keredo, naniyara kikakugai mitaidesu
神から貰ったお詫びギフトは、
無限に進化するチートスキルでした
見るもの全てが新しい!?
未知から始まる異世界暮らし!!
渡琉兎
Ryuto Watari

国一番の商会を持つ侯爵家の令嬢クリスティナは、その商才を妬んだ兄に陥れられ、追放されてしまう。旅にでも出ようかと考えていた彼女だったが、ひょんなことから特別なスキルを手に入れる。それは、異世界【ニッポン】から商品を取り寄せる魔法の型録《カタログ》、【シャーリィの魔導書】を読むことができる力だった。取り寄せた商品の珍しさに目を付けたクリスティナは、魔導書の力を使って旅商人になることを決意する。「目指せ実家超えの大商人、ですわ!」――駆け出し商人令嬢のサクセスストーリー、ここに開幕!

◉各定価:1320円(10%税込)　◉illustration: nima